U0144315

四方山閒話

李長聲——著

目次

無馱話

前言

關於隨筆的

李長聲

日語的漢字詞有些很好玩，例如「風來坊」、「日和見」、「四方山」，字面看上去有趣，但究竟什麼意思呢？單說「四方山」，一九一七年以官費留學日本早稻田大學的作家、翻譯家謝六逸（1898-1945）在《茶話集》裡寫到了，原來意思是：「『擺龍門陣』是一句貴州的俗話，四川人也有說的。意近於『閒談』、『說故事』之類，即英語的gossip，日本人的『四方山的話』是也。」

「四方山」意思是世間，自不免紛紜雜多，「四方山話」那就是天南海北侃大山，說閒話。閒話在酒桌上常常會變成醉話，寫下來或打出來就算作隨筆罷。古人也喝酒，也東拉西扯說閒話，所以隨筆這玩藝兒當然古已有之。

要說古，東晉的《西京雜記》、南北朝的《世說新語》、唐代的《酉陽雜俎》之類可覓其源流，而南宋洪邁的《容齋隨筆》亮出了隨筆二字。洪邁為之定義：「予老去習懶，讀書不多，意之所之，隨即記錄，因其後先，無復詮次，故目之曰隨筆。」當今不少人寫微博好像就有點復這個古。宋隨筆蔚為大觀，《老學庵筆記》是一個巔峰。宋明年間日本與中國往來熱絡，《容齋隨筆》梓行三百年後，有個叫一条兼良（1402-1481）的，當文抄公編輯了一本《東齋隨筆》。

中國的隨筆，用今天的話來說，特色在於掉書袋，抖機靈。這也是日本人的隨筆概念，文學研究家吉田精一（1908-1984）說：「時常是秀學問的人的研究斷片」。此外日本還另有一種隨筆，那就是西元一〇〇〇年前後清少納言撰寫的《枕草子》，片斷地記述日常生活中對自然和人生的觀察與感受。十三、十四世紀又接連產生鴨長明的《方丈記》、吉田兼好的《徒然草》，與《枕草子》並為日本三大隨筆。兼好甚至被稱作日本的蒙田，這就是用西方文學的標準來評判日本文學了，其實《徒然草》比《隨想錄》早了將近三百年。倘若唯西方馬首是瞻，《枕草子》也就不能算世界上最早的隨筆。

據說英語的essay來自法語動詞essayer，是嘗試的意思，法國隨筆開山祖蒙田（Michel de Montaigne, 1533-1592）一五八〇年出版《隨想錄》（*Essais*），用的是這個意思。日本起初把essay譯作試論，學生用以指小論文。有人音譯為越勢，或曰莫不如叫悅世。受蒙田影響，培根（Francis Bacon, 1561-1626）一五九七年出版《隨筆集》，開創了英國隨筆。蒙田談自己，「我描述的是我本身」，而培根不談自己，「我的隨筆是深究人事或人心的東西」。就此來說，譬如村上春樹，寫《關於跑步，我說的其實是……》是「一種『回想』」，「（某種程度地）老實寫我這個人」，應屬於蒙田系統罷，讀者感興趣的是他的隱私。

自十九世紀末葉，日本興起用音譯essay稱呼的隨筆。它不是傳統隨筆脫胎換骨，而是用西方的隨筆概念另起爐灶。文明批評家廚川白村（1880-1923）說，這種隨筆「所談的題目，天下國家大事不消說，也可以是市井雜事、書籍批評、熟人傳聞以及自己過去的追憶，把所思所想當作四方山的話付諸即興之筆」，「最重要的條件是筆者要濃重地寫出自己個人的人格色彩」。觀照自我、表現自我是近代隨筆的精神所在。它藉助傳媒擴大讀者群，並且對讀者有啟蒙之功。

隨筆是隨性率意的，英國人有英國式幽默，天然寫得來，譬如蘭姆（Charles Lamb, 1775-1834）自一八二〇年發表的《伊利亞隨筆》，他說：「我愛愚人。」向來以嚴謹內斂著稱的德國人則不宜，他們不像法國人那樣，思想和生活緊密連結著藝術。因戰後問題常被拉來跟德國人比較的日本人生來有直觀的、藝術的性情，善於把日常生活搞得很藝術，又善於把藝術弄得很生活，很日常，也特別喜好隨筆。

我們的散文一詞有廣義與狹義二解，日本只使用其廣義，與韻文相對，而所謂隨筆，似乎比散文的狹義更寬泛。他們現今猶併用隨筆與

essay，雖然寫essay式的或似的更普遍。如若把essay譯作隨筆，看似抵制了外來語，但兩樣東西混為一談，恐怕就容易引起窩裡鬥，用西方感化的內容和寫法來否定東方的傳統樣式。內田魯庵（1868-1929）是評論家，也是小說家，翻譯過托爾斯泰的《復活》，廣交博識，晚年專門寫隨筆。一九二四年寫道：「隨筆讀來確實是即興或隨感的不著邊際的斷想，以畫而言，就像是素描，名家畫的東西、外行的靠不住的圖樣、孩子的亂畫都被一樣看。近來拙劣的畫得勢，稱作自由畫什麼的，頑童塗壁被當作藝術品處理，好像隨筆中也有自由畫。大雕刻家製作的一手一足陳列美術館，但丟在彩車匠倉房裡的手或足不是美術品。從隨筆中搜尋優秀的高級的東西就好像從破爛舊貨店找寶。」當代日本隨筆我愛讀三島由紀夫的見識，丸谷才一（1925-）的學識，出久根達郎（1944-）

的知識。丸谷才一說：「寫的和讀的都必須有遊樂之心，此心通學問。而且，寫和讀都需要教養，這又關係到學問。」像小說一樣，要有會寫的隨筆家，也要有會讀隨筆的讀者。

內田魯庵又說：「小說是畫，即便不好，情節也能讀得津津有味。而隨筆是字，不好就連狗都不吃。」沒有三分灑脫和二分嘲諷不能寫隨筆，而且懶人不能寫，只耽於一事的人也不能寫，看來我寫這玩藝兒實在是誤會。

趣味人

又見狐狸庵

驀地看見狐狸庵先生，嚇了我一跳，雖然他出現在電視上。戴一副黑框眼鏡，眼裡含著笑，面容卻顯得蒼白，或許因為是四十年前的舊廣告。古人只能吟桃花依舊笑春風，如今則常見畫面依舊，世事皆非，這位狐狸庵先生去世已經十多年。二〇〇八年，電視拿出他一九七二年為雀巢咖啡做的商業廣告，和當紅演員唐澤壽明合成「第四十年的翻新」，雖相差四十年，卻都是四十多歲，看著蠻有趣。廣告詞是「明白不一樣的人，狐狸庵先生・遠藤周作」。當年這個廣告使遠藤周作的雅號狐狸庵廣為人知，乃至仙台等地有酒館也掛出「狐狸庵」招牌，火借風勢，隨筆《狐狸庵閒話》紅透半邊天。不過，本該一臉肅然的純文學作家這樣在電視上放「狐騷」，讓守道的文人把頭搖得像撥浪鼓，嘆人心不古。

遠藤周作有兩張臉，一張嚴肅有餘，一張滑稽過火，真是不一樣。兩張臉反差太大，遠遠超過了陶淵明的「悠然見南山」與「猛志固常在」，令人不明白，幾乎是日本現代文壇之謎。文學史寫到他，列舉的一色是小說，如《海與毒藥》、《沉默》、《深河》，也就是嚴肅文學，這固然是文學史以小說為正統之故，但附帶說到以《狐狸庵閒話》為代表的隨筆，似乎克制之中也含有畢竟不登大雅之堂的意思。

筑摩書房出版《現代文學大系》，堀田善衛、遠藤周作、阿川弘之、大江健三郎合為一卷。遠藤周作是真名真姓，生於一九二三年。十二歲受洗，理由是不想讓離婚後信奉天主教的母親傷心。對於他來說，這信仰好似母親讓他穿的西服，長大了覺得不合身，不是袖子長就是褲子短，穿在身上很難受，幾次想脫下來丟掉。他的信仰不是與上帝之間的個人契約，而是和母親的契約。文藝評論家江藤淳獨具慧眼，指出小說《沉默》中遠藤的耶穌「顯然被女性化，幾乎是日本母親似的存在」。終其一生遠藤都是在確認信仰，認識到西服並非全部衣服，日本人穿合體的和服也能不乖離基督的教義。他批判宗教排他性，不否定日本人傳統的對象駁雜的信仰形態，認為各宗教殊途同歸，以至於神。作為天主教作家，遠藤周作在日本罕見其匹。關於天主教文學，他這樣定義：「人具有選擇或捨棄上帝的自由，把這種人的自由傾注於文學就是天主教文學。」而文學「以凝視人為第一目的」。

遠藤自幼多病，倖免於當兵。一九五〇年得風氣之先，赴法留學現代天主教文學，兩年餘抱病而歸。一九五九年冬周遊歐洲，研究薩德（Marquis de Sade），歸來住院兩年多。一九六三年，人到四十，喬遷郊外。「這次患病期間，說來難為情，還是淨考慮上帝的事兒了」，結果就著手寫《沉默》。不過，世人先看見的卻是他在沉默中爆發：把新居的廂房命名為狐狸庵，自號狐狸庵山人或散人，寫起了狐狸庵隨筆（起初在雜誌上連載叫《午後聊天》，結集出書時名為《狐狸庵閒話》）。而且，狐狸般的戲謔猶不能盡意，正當全民玩命把GNP搞成世界第二位的時候，他又大寫吊兒郎當，《吊兒郎當生活入門》、《吊兒郎當愛情學》、《吊兒郎當好奇學》，笑倒日本。狐狸庵？三島由紀夫問他為什麼用這麼老氣橫秋的名字，遠藤回答：你把筆名叫什麼由紀夫，棒小夥兒似的，上了歲數怎麼辦？三島拒絕老，一本正經，彷彿人與文如一，趕在老之前自己動刀了斷，永保四十五歲的形象。傳聞二人都候選過諾貝爾文學獎，遠藤標榜吊兒郎當，像是故意跟小他兩歲的三島作對，對三島的生活方式及形象是一個破壞。

文未必如其人，常常不過是其人把生活加以偽裝，貌似如其文。但遠藤寫兩種截然不同的文，就該有一種近乎其人，究竟是哪一種呢？周作，這是很有點載道的名字，大概用它寫小說便板起面孔，嚴肅地探討日本人與基督教的矛盾。日常生活裡，據熟知其人的作家和編輯說，遠藤真像老狐狸，對什麼事情都好奇，正經談文學時也會突然扯起淡來，津津有味地打聽女演員八卦的真偽。他極有表演欲，從小夢想當演員，成名後組織了一個叫樹座的業餘劇團，登臺演出（從劇照看，好像不大有表演才能）。亮出自己的真實一面，甚而漫畫化，不是為證實文如其人，用意何在呢？狐狸庵先生在隨筆〈剪報簿〉中寫道：

近代文學之功，其一在於讓我們看見人心理背面的自私自利、虛榮心、無意識及其他種種，但我們的心理背面越來越複雜，難以捕捉，我們在現實生活中不能相信別人的真實一面了。別人的什麼樣善意也會被我們認為那是「這傢伙想讓我覺得他好才幹的」，或者習慣於解釋為「哼，陶醉於美滋滋的自我滿足」。表面的臉後面還有另一張別的二重臉、三重臉在看著。這時我們陷於無力感，似乎自己和他之間沒有「能互相溝通」的力量。

我翻開剪報簿，好像相聲裡說的這些蠢貨們露出傻傻的真實一面，故而能把握，所以一剎那感到跟那個人能互相溝通的愉悅，不禁一笑。但同時不能不考慮笑的貧弱，我們今天只有用這樣的笑溝通人的途徑嗎？關於這一點，日本的近代文學幾乎不曾給我們什麼貢獻。

可見，先生要借助笑，和人們溝通。寫《沉默》是認真的，寫《狐狸庵閒話》也是認真的。遠藤在京都嵯峨野建別莊，曾想讓尼姑作家瀨戶內寂聽題名，不叫狐狸庵，而是諧音為孤離庵，在他搞笑的背後浩茫存在的不正是孤獨與寂寞嗎？這種孤寂來自少年時父母不和，他討厭回家，放學後在街上遊蕩，從小用淘氣或搞怪來遮掩不愉快的心情。在不大重視宗教的日本，恐怕他作為天主教徒也感到孤立無援。

他說過：「幽默不是從高處看，從劣等人的視點看東西時才會有幽默」。幽默或惡作劇也常是弱者對強者的挑戰和報復。當然，狐狸庵隨筆寫的生活也並非完全真實，他不是弱者，不是吊兒郎當的懶漢，把自己弄得很滑稽，那是他人生的戰略。遠藤還著有一些被稱作輕小說的作品，譬如《我·拋棄了的·女人》，介於《沉默》與《狐狸庵閒話》這兩類文學之間。他的嚴肅作品也搞惡作劇，不乏幽默，以致讓諾貝爾文學獎評委討厭，說他不正經。

遠藤周作卒於一九九六年，享壽七十有三。六十五歲時被評為日本國文化功臣，從那前後不再用狐狸庵的名號。

踏繪

長崎的角力灘是海上看落日的好地方，尤其在參觀了遠藤周作文學館之後，思緒與落霞齊飛。

遠藤生來體弱多病，一九六一年三度肺手術，病篤時恍惚在探視人帶來的紙上看見「踏繪」。病癒後多次去長崎取材，創作了長篇歷史小說《沉默》，一九六六年出版，獲得谷崎潤一郎賞。寫的是踏繪。

原來踏繪起始於長崎。

一六一二年德川家康下令禁止天主教（當時叫「吉利支丹」），其後幕府幾度頒布禁令，嚴加鎮壓。一六二八年前後長崎官府採用踏繪這一招，就是把基督耶穌或聖母瑪利亞畫在紙上，讓人踏一腳，以驗證是不是天主教徒。不踏即教徒，強迫改宗。紙畫易損，於是雕刻了十塊木板，後來又製造二十塊銅板，每年正月裡實施，好似過年趕廟會。還借給其他藩排查。一八五七年接受荷蘭商人建言，經幕府批准，於翌年廢除了這一制度。但日本禁止基督教，直到明治六年（1873年）歐美施壓才最終結束。

在《沉默》裡，日本鎖國時耶穌會派來布教二十年的費雷拉神父屈於倒懸拷問而叛教，年輕的羅多里戈神父經澳門偷渡，潛伏在長崎郊野，被教徒出賣，準備殉教。可是，他堅守信仰，那些已發誓放棄信仰的教徒就繼續被官府用刑，直至喪命。最終他的腳踏向踏繪，感到了一陣劇痛，這時銅板上已經磨損的耶穌對他說：「踏罷，我最知道你腳痛。正因為知道這種痛，我才降生人世，背負十字架。」

遠藤筆下的耶穌並沒有沉默，通情達理，但現實的長崎教會不容忍羅多里戈叛教，拒絕《沉默》。設置在歷史民俗資料館前的「沉默之碑」也曾被塗漆。遠藤在《異邦人的立場》一書中寫道：「恐怕大多數日本讀者懷疑我到底對基督教信賴或確信到什麼程度。我明確回答，我認為基督教義比其他各種思想對於我是最深最高的真理。我心底今天有對基督教義的信賴感。儘管如此，基督教中有很多我不能適應的東西，特別是西歐的——特別是湯瑪斯的思考所錘鍊的基督教。當然那不是基督教的全部，是一部分。儘管是一部分，今天卻被說得好像是基督教的全部，也這樣在日本傳授。我前面說『洋服』即為此，不過，我內心對基督教義的信賴感讓我認為『洋服』未必是衣服的全部，我覺得合日本人身體的和服也不乖離基督教義。」境未遷而時過，二〇〇〇年文學館在長崎市外海地區開館，附近的浦上天主堂為遠藤周作和所有天主教徒舉行追悼彌撒，尼僧作家瀨戶內寂聽也光亮著頭皮在祭壇旁講話，呈現了宗教寬容的景象，或許可以讓遠藤釋懷。

二〇一〇年的五月，文學館落成十周年。巨大而低矮的屋頂彷彿沉默著，腳下的角力灘煙波浩渺。沉默之碑上鐫刻著遠藤手書《沉默》一句話：人如此可憐，主啊，海卻太藍了。

夕陽西下，海水漸變了顏色，不像遠藤說的那麼藍。

不須放屁

俗話說管天管地管不著拉屎放屁，但起碼在城裡，屎是被管著的，屁一般也不能自由地放，大庭廣眾之前，放是需要點不自由毋寧死的氣概的。屎尿好管，這屁確實有點不好管，文明進步，或許哪一天像不許隨地吐痰一樣禁止恣意放屁，也不再笑脫了褲子放屁。

吃喝拉撒睡是人生的基本，沒了這些，就成了人死。中國人愛談吃喝，往往還談得出品位，而睡，醉臥沙場或者溫柔鄉更可以入詩入畫。拉撒就不免避諱，寫了就可能俗。不過，若非俗人，如臨濟說了乾屎橛，這乾屎橛便可以立千萬言，畫成畫兒也別有禪味。毛澤東的詩詞不算多，卻是把拉屎放屁都寫了，「糞土當年萬戶侯」的糞土還比較抽象，而「千村薜荔人遺矢」，不論朗誦者怎麼裝腔作勢，也不是彎弓射大鵰，只能是人在那裡拉屎。日本有一卷「餓鬼草紙」，畫的正是人遺矢，鬼唱歌，它屬於國寶，翻書常遇見。日諺有「百日說法一個屁」，意思是在臺上說法一百天，最後放一個屁，把聽眾都薰跑了，前功盡棄。浮世繪畫它，把屁畫得驚天動地。毛澤東的〈念奴嬌・鳥兒問答〉很像活報劇，從手跡上看，最後一句原來是「請君充我荒腹」，後改為「試看天地翻覆」，鯤鵬背負的青天也塌將下來。「不須放屁」與「他媽的」曾是時代最強音，斷喝一聲，好似在黎明靜悄悄的荒野裡暢然放一個響屁。

日本女性給世人（世界上的人）的印象是典雅好潔，她們的廁所裡甚至裝有消音器，以遮掩飛流直下的聲響。雖然，我懷疑那玩藝兒只有隔壁想入非非的男人才想得出來，而結果呢，消音器響動大作，更驚人側耳，只是多費些心曲來想入罷了。

小說家遠藤周作寫過一篇〈黑和尚〉，簡直是屎尿小說。開篇就是一白鬍子老頭不扶乩不看相，看人的糞便，從排便的勢（所謂運勢，就這麼來的）占卜吉凶，言無不中。時當織田信長稱霸，兩個天主教傳教士買了一個叫層拔的黑奴帶到日本，通體漆黑，騷動京城。信長不信，命人把他脫了洗，越洗越黑得發亮。信長質問傳教士為什麼他是黑的，而你們是白的，又命令層拔獻藝。只見他像個大孩子敲起小鼓，又跳又唱。「噗，噗，噗——大家起初不明白那音色是從哪裡發出來的，但一瞬間就知道了那是什麼。兩個傳教士臉蒼白了，那聲音是從黑人屁股放出來的。高，低，強，弱，帶有節奏，滿臉得意的層拔在用屁奏樂。信長的寬額頭上青筋如打閃。『停下！』雖然喊停下，但不懂這可悲的日本話的黑人以為那是在助威，起勁兒地領唱領舞。噗，噗，噗，噗——」氣得滿臉漲紅的信長要殺了層拔，尖嘴猴腮的豐臣秀吉說讓他跟部下比武，輸了再殺也不遲。那部下有拉屎濺不到屁股的功夫，使一桿長槍，但層拔連勝兩局，一躍而遁，這才有層拔驅象甩大糞，秀吉驚馬敗臭陣。

遠藤多是寫基督教題材，據說他候選過諾貝爾文學獎，但評委們嫌他「低級趣味」。

風鈴

暑氣蒸人，想起了風鈴——叮咚作響，彷彿便有了涼意，不像那句心靜自然涼，只是說風涼話。若聯想雨淋鈴，唐玄宗的愛情故事，或許又別有意味。

風鈴從唐朝傳來日本，起初也只是掛在廟簷下，後來民居拿來作飾物，再演變為一種習俗，平添了夏日風情。十多年來，每到七月，川崎大師（真言宗平間寺）開風鈴市，各地的風鈴薈萃上千種。有鐵的，有陶瓷的，音色各異，而傳統的江戶風鈴是玻璃的，描畫多彩。鈴舌綴一條叫「短冊」的紙片招風，便帶動鈴舌敲打，也可以在紙片上題詞或許願。想來在少有雜音噪聲的年代懸掛在窗前一定很悅耳。本屬於民俗，如今抬舉為日本文化的雅，可是在現代環境中，一家有響動，四鄰不安寧，傳統也大都只能當故事聽聽了。

早年在北方編輯雜誌時刊發過一個短篇小說，叫〈鄰居〉，就是寫風鈴的故事：隔壁的風鈴響得鬧心，「我」悄悄給摘掉，鄰居不甘休，又掛上新的，並加以固定。幾經折騰，彼此卻從未謀面，只能從種種跡象猜想一牆之隔的人做什麼營生。作者是野呂邦暢，高中畢業後一度到東京做工，〈鄰居〉寫出他體驗的大城市鄰里關係，看似冷漠，仍不失與人交流的渴求，筆調幽默。他還當過一年兵，這段兵營經歷寫成小說〈草劍〉，一九七四年獲得芥川賞。天妒英才，我讀到〈鄰居〉時他已經病逝，才活了四十二歲。

野呂生於一九三七年，八歲那年從長崎疏散到諫早；「八月九日，在疏散地諫早我看見長崎方向閃亮耀眼的光」，那是原子彈爆炸，留在長崎的同學幾乎都炸死。退伍回諫早，雖然獲得芥川賞，也沒有再就此進京，始終在遠離中央文壇的地方寫作。他說「沒有生活就沒有作品」，他跟樹一樣，挪到東京會枯死。

野呂是鄉土作家，被稱作「語言的風景畫家」。小說家丸山健二曾解說〈草劍〉：「小說裡出來的自然是真東西。那是只有生活在自然當中的人做得到的描寫，是只知道輕井澤的夏天或者只知道從溫泉旅館二樓眺望的冬景的小說家絕對寫不來的自然。」

野呂也寫諫早的歷史，《諫早菖蒲日記》被電視劇作家向田邦子看中，策劃改編電視連續劇，但作品質樸，沒有電視台賞識，便又選野呂另一部歷史小說《落城記》。一九八〇年二人在東京會晤，十天後野呂因心肌梗塞猝逝，翌年八月向田到臺灣採訪，死於飛機失事，十月，這部向田首次當製作人的電視劇播映。和向田一樣，我喜愛《諫早菖蒲日記》，主人公是幕末諫早藩砲術教頭的女兒，才十五歲。

死後三十年，最近三筱書房出版野呂邦暢隨筆集《綠光向晚》，買來置於案頭，旁邊擺著從風鈴市選購的「桌上風鈴」。

《1Q84》還有4？

《1Q84》裡的老編輯說：「世上大部分人幾乎不明白小說的價值，卻又不想被時潮甩下，所以有得了獎成為話題的書就買來讀。」我也不幸被言中，隨俗買來Book 1和Book 2，又從眾買來Book 3，翻閱了村上春樹的小說《1Q84》。

村上不大接受採訪，或許真像他說的，成名之前開爵士樂茶館兼酒吧，不得不陪客說話，把一輩子的話都說完了。不過，某作家不大懷好意地回憶：早年去酒吧，只見店家悶頭在櫃檯裡邊幹活兒，幾乎不說話，原來他就是現今出書必暢銷的村上。近來情況似有變，村上留意社會形象及毀譽了，但是像二〇一〇年五月，駕車來到新綠耀眼的箱根溫泉鄉，接受由廠商協辦的新潮社季刊雜誌《思考的人》編輯長一連三天的訪談，仍屬於罕見之舉。

《1Q84》自然是主要話題。村上說：簡單地說，《1Q84》是因緣故事。他要寫自己的「綜合小說」，最大的樣板是杜思妥也夫斯基，這是上世紀九〇年代前半寫《發條鳥年代記》時定下來的前進目標。

本來想名為「1985」來著，跟喬治．歐威爾（George Orwell）的《1984》不一樣，卻又跟安東尼．伯吉斯（Anthony Burgess）的《1985》撞車，無奈之中想出了《1Q84》。村上對近未來幾乎沒興趣，感興趣的是近過去；一九八四年，那個沒有電腦、沒有網路、沒有手機的年代才過去不遠。起初只有這麼個題目，用它寫，會寫成什麼樣的小說呢？興趣盎然。根本沒構思，腦袋裡完全沒構思故事如何展開。也沒有人物造型，只是先起了人名，想到青豆這個名覺得滿不錯，又想到天吾這個名，便知道這個小說肯定有意思了。然後是開頭。以前聽說過有人從高速公路太平梯下來的新聞，於是讓青豆從太平梯走下來，便進入另一個世界，《1Q84》的世界，從地面慢慢滲出原始性東西的世界。她為什麼那麼急，有怎樣的事情，負有什麼使命，決堤一般往下寫，角色在寫的過程中自然而然地豐滿起來。

這樣寫，寫到哪裡為止呢？村上說：寫完了Book1、Book2，當時真打算就此收場。寫《發條鳥年代記》時，1和2出版以後過了一陣子，又想寫3了，而這次在出版之前就有了想寫3的心情。形式跟1、2同樣，故事的可能性會明顯低落，於是想到從牛河寫起，以前可沒想讓他活躍起來。1、2不大意識文體，而3完全靠文章的力量推進，寫得苦，一次次重寫。日本讀者能否讀出這種「苦頭兒」呢？

沿襲巴哈的《平均律鋼琴曲集》第一卷、第二卷，Book 1、Book 2各二十四章，而Book 3三人並進，用巴哈來說，就是像三聲創意曲的感覺。為什麼這種寫法成為可能呢？因為他採用了第三人稱。1、2用第三人稱寫，但青豆的視線、天吾的視線都有部分被第一人稱硬拉著。牛河不用第三人稱就絕對寫不來。

村上小說的最大變化是人稱。他一九七九年出道，那年三十歲，寫了十年，過了四十歲開始新時期，動手寫《發條鳥年代記》。至此，作品基本用第一人稱，從「我」（當然是假想的我）的視線寫，讀者也從

「我」的視線讀，如在眼前。但要寫的故事越來越宏大，第一人稱照顧不過來了，所以時隔七年的長篇小說《海邊的卡夫卡》用第一人稱和第三人稱交替，又隔了七年，長篇小說《1Q84》完全用第三人稱了。關於這一變化，他當然要有所比喻，那就是要做菜，鍋不夠用了。

《1Q84》不是寫實小說，Book 3還留下很多謎，如天吾的母親為什麼被誰殺了，青豆和天吾返回的世界是什麼樣的世界。那麼，還繼續寫Book 4或者Book 0嗎？村上說：他寫長篇小說就完全是「長篇小說腦」，每天早上四點來鐘起來伏案，絕不寫隨筆什麼的，每天只翻譯一兩個小時調劑一下，就這麼寫，寫了三年，把自己寫空了，現在像冬眠的熊，什麼也不能說。但眼下可以說的是，它前面有故事，後面也有故事。故事在他身上漠然懷胎，也就是說，寫續篇的可能性不能說完全沒有。

村上在日常生活中不愛說話，一個星期跟誰都不說話也無所謂，卻喜好寫會話，敘述或描寫的文字要改來改去，但會話一度寫下來就不大改。他不大喜歡分析性描寫或心理性描寫，寫的累，讀的也累。經驗之談是不把話說死，譬如，「你聽我說的了嗎？」「聽啦。」這就止住了；「你聽我說的了嗎？」「我又不是聾子！」這就是會話。盡量把描寫融入會話當中。最理想的描寫應該是在越過去不讀也不要緊的地方，但仔細讀，又很有意思。在關鍵地方大肆描寫起來，小說就致命地停滯了。讀村上小說，最有趣的正是那些如見其人的會話，只怕翻譯起來就是個難事了。

在箱根二泊，第三天村上驅車下山，而我們讀者，有可能捧讀Book 4，就等著掏錢罷。倘若囊中羞澀，那可真有點拿雞蛋往牆上撞的感覺，因為在版權買賣上，他好像並不站在雞蛋一邊。

近過去小說

要交稿了，《挪威的森林》還不叫「挪威的森林」，雖然這個書名也縈繫於心頭，但過於可丁可卯，而且活生生拿來披頭四的曲名也未免太露骨。最後夫人讀了原稿，說：叫《挪威的森林》好。村上春樹就這麼定了書名。

《1Q84》呢？起初沒照搬英國小說家喬治．歐威爾（George Orwel）的書名《1984》，而是越明年，叫「1985」，但《1985》也被英國小說家安東尼．伯吉（Anthony Burgess）用在前頭了。固執於人家的現成題目，思來想去，終於迸出一個Q。中譯本原封不動，雖然9和Q不能像日語那樣諧音，但對於Q，我們中國讀者更別有印象。

有了題目之後開始寫小說，村上春樹就是要寫一九八四年。他認為，把《1984》純粹當小說讀沒意思，描寫近未來往往在結構上故事凡庸。他的興趣在「近過去」，就是「把我自己生活過的時代的精神性似的東西置換成一個不同的形式，加以檢證」；「我不是批評家，是小說家，所以只能這樣用置換成虛構來有效地檢證事物」。從現在返回過去，檢證過去非發展成現在這個樣子不可嗎，從中找出其他可能性，創作一個理想的現在。過去被村上改寫過，去實際已遠。木已成舟，現在不可能重來一遍，近過去小說的意義也只在警示未來。《1Q84》究竟要說些什麼呢？村上說：「《1Q84》的中心主題是去另一個世界。和現在這裡的世界怎麼不同呢?最大的不同就是那裡是更原始的世界。」

那麼,為什麼偏偏是一九八四年呢?

《1Q84》裡,天吾和青豆的年齡設定比村上本人小五歲。村上生於一九四九年,但日本旗色未變,沒有類似長在紅旗下的說法,或者可以說他長在和平裡。不過,世界並不和平,日本藉美國一再搞戰爭之機迅速復蘇、發展,生活一天天好起來。六〇年代開通新幹線,舉辦奧運會,流行披頭四和超短裙,學生運動蓬蓬勃勃。二十多歲的人傾向於理想主義,基本上相信未來。雖然學生運動失敗了,但相信自己這一代人進公司,公司就會變,這一代成了大人之後世上更美好。然而,除了製造出一個泡沫經濟,什麼都沒變,理想主義呼啦啦坍塌。一九八四年是社會改編重組告一段落、世界以高度資本主義似的體制重新開始進展的時代。六〇年代遠去了，村上們已經三十多歲，工作、家庭都大體安定。世界看似在順利發展，其實底下有暗流湧動。描寫這一時代具有必然性。

村上立足的現在是一九九五年，日本發生了天災人禍，即阪神大地震和地鐵放毒事件。他回游近過去，另外找一條發展到現在的路，雖然有點像事後諸葛亮。美國電影常有從未來倒回現在的，顯得太幻想，但是從現在返回不久前的過去，恍如回憶，似乎就帶有某種現實性。更何況村上在《1Q84》之前還寫了兩本非虛構作品，關於地鐵放毒事件的，讀者自然把小說中的教團和歐姆真理教往一塊兒想。不過，村上說：「這種事作為小說的要素不是那麼重要的要點。我當作問題的是更為內在的或精神的狀況，歐姆事件所引起的或者歐姆事件帶來的前歐姆、後歐姆的心的狀況，恐怕我們每個人身上都潛在的那種黑暗的東西。」至於「善惡，不是絕對的觀念，完全是相對的觀念，不同的場合也能倏然交替。」就好比雞蛋和牆，並不是絕對的觀念，一旦倏然交替，站在哪一邊是好呢？實際上日本人很善於做轉化工作，譬如原子彈炸廣島，彷彿已變成美國人的罪惡，連美國駐日大使也去廣島鞠躬如儀了，即便只是為做做和平姿態，而日本發動了戰爭，卻像是受害者，可憐巴巴的。作家應該是思考的人，但未必是思想家。

當過東京大學總長的文藝評論家蓮實重彥二十年前批評村上春樹的小說是幻想式純文學，甚而貶斥為騙婚。能騙人一時，不能騙人一世，村上笑笑說：寫作三十年，讀者越來越多，哪裡是騙婚呢。《1Q84》「近乎神話世界」，「有既成的價值基準不通用的局面」，與寫實的

《挪威的森林》相比，故事很難懂，居然也大賣特賣，連村上本人也有點莫名其妙，分析其背景，說可能如今是「神話再創建」的時代罷。倘若把村上春樹和《哈利波特》扯到一塊兒，從社會現象的角度做一番博士後研究說不定也會很有趣。

村上的文字是淺白的，讀他的隨筆很易懂，坦率而親切，譬如他寫道：「企業有好多錢，所以把多餘的錢投入廣告，由於有廣告，多得令人瞠目結舌的雜誌得以經營，其剩餘也滋潤寫文章的。如此幸福的餘錢流入文化的圖示究竟能持續到什麼時候我不清楚，反正確實覺得這麼樂呵呵地幹真不錯。」但同樣的淺白用到小說裡就彷彿話裡有話，讓人大費心思。捉摸莫須有的深意，評論家這行當也藉以成立。《思考的人》雜誌二〇一〇年七月號對他進行了長篇訪談，足以結集為單行本，若與

《關於跑步，我說的其實是……》合在一起，就大致是當下的村上春樹其人其文了。村上說自己不愛說話，但好像說起來也很有點饒舌。川端康成在〈文學自敘傳〉中說過：「解說自作終歸是限定自作的生命，作家自己不知道作品是活物，絞殺很可惜。作品對於作家本身也像一切生物那樣是無窮無盡的謎。」

日本作家與英語

在有些人看來，走出國門，用當地語言寫小說什麼的，以至獲獎，非常不得了，與有榮焉，雖然從語言來說，有點像生養他或她的民族的敗北。卻說日本，有這麼一個人，叫水村美苗，女，說出這麼一番話：

「請想像一下，一百年之後，二百年之後，三百年之後，不僅頂有教養的人們而且頂有明晰頭腦的人們、頂有深邃精神的人們、頂有纖細心靈的人們只用英語來表現之時，其他語言都變成墮落的語言——欠缺知性的愚昧語言之時；請想像一下，一種『logos=語言=邏輯』行使暴政的世界，那是多麼可惡的世界，又多麼悲慘的世界。活在那樣的世界比活在被迫的非對稱性（按：英語充當世界『普遍語』，其他語言的功能無法與之對稱）更無限悲慘。」因而，「就連我這樣的人，也要用如此孤立的語言（按：日語）寫，為拯救『人類』——從悲慘的命運中拯救『人類』而天天奮鬥。」

水村美苗十二歲隨家移居美國，但她不去融入那裡的社會，每天把自己關在房內耽讀日本小說。二十來年始終拒絕美國，為回歸日本而猶豫。若讓中國人來寫她，可能要想方設法幫她進入所謂主流社會，那才算成功人士。實際上美苗在美國已經成功了：畢業於耶魯大學的法國文學博士，在普林斯頓、史丹佛等大學講授日本近代文學。然而她掛出「用日語寫現代日本文學的小說家」的招牌，天天奮鬥，寫出了《續明暗》、《私小說from left to right》等幾部小說，都獲得日本的文學獎。至於疏離美國的原因，可能有社會學的，有心理學的，但最根本的是讀書，越耽讀用日語寫的東西越背對英語。也就是她說的，「通過閱讀這一行為，不得不經常並不可避免地面對無法還原為其他任何東西的、兩種語言的、無法挽救的不同——強制她活在兩個世界兩個主體之中的、不能還原為其他任何東西的、兩種語言的、也可說是物質性的不同。」

對於英語，如果說水村美苗是抗拒型，那麼，村上春樹就是個鮮明的對照，屬於利用型，利用英語創造出自己的文體。

談論村上春樹時，人們說得最多的，是他為什麼那般廣泛被閱讀，豈止日本，甚至脫了亞，走向世界。有個叫福田和也的，認為村上春樹是夏目漱石第二，不過，這位風頭頗健的文藝評論家幾乎把石原慎太郎捧為第三，奉承之態可掬，所言便讓人覺得不可信。放眼歐美，村上的名聲倒是比夏目大得多，連大江健三郎也自認（並不愧）弗如。他說：

「準備文學素材之際，英語是極其強有力的。也可以說，領導世界文學的是英語這種語言，尤其小說更如此。若擁有英語，那麼作家即使離開英國也照樣是偉大的作家。這適用於D・H・勞倫斯（D. H. Lawrence）、勞倫斯・杜雷爾Lawrence Durrell、E・M・佛斯特（E. M. Forster）。我認為石黑一雄也是和這些人一樣的英語作家。另一方面，村上春樹是用日語寫作的小說家，但不能斷然說他的作品是真正的日語。被譯成美語，就能在紐約毫不彆扭地閱讀。村上春樹那樣的文學風格不是既非日語文學亦非英語文學嗎？不過，一個年輕日本作家為美國所愛讀是不爭的事實。我覺得這對於日本文化是好兆頭。他做了我、三島由紀夫、安部公房都做不到的事情。」

大江曾批評村上沒有社會性，對於這一點，事關諾貝爾文學獎，村上也頗為在意，二〇〇九年出版的《1Q84》便隱約寫到了震驚過日本的歐姆真理教事件。但日本人讀村上，其魅力首先在文體，也就是被大江說得非驢非馬的文體。一九七九年村上以《聽風的歌》出道，文藝評論家三浦雅士即指出：「故事並不新，是到處可見的，卻還是給人以新鮮的印象，因為文體新。」

這文體是打哪兒來的呢？當作家三十年來總有人提問，村上經常要夫子自道。他說寫《聽風的歌》，「為盡量使文章簡單，我就做實驗一般把開頭幾頁用英語寫。當然知道我的英語能力不足道，文章幼稚，也就是高中生的英語作文水準，但對於我來說，最大的收穫是得以發現，如果想要寫，只用最基本的簡單語彙也能寫文章。」

又說過：「十多歲的時候就想過，能用英語寫小說該多好。覺得用英語寫遠遠比用日語寫能老實地直截了當地寫自己的心情。但是憑我的英語能力，根本寫不來，所以費了相當長時間才總算能用日語寫小說了，以致我直到二十九歲完全不能寫小說這東西。原因就是我必須用自己的手製造出為自己能寫小說的日語，新的日語。我不能藉已有的日語文體寫小說。在這個意義上，我認為自己是原創。」

甚至還說過：「我不大意識日語的日語性這玩藝兒。常有人說日語很美，但我毋寧要把它當作工具寫故事。想用非常簡單的語言講非常複雜的故事是我所指向的。」

總而言之，他從翻譯中找到了自己的文體。他說自己的英語課成績並不好，但喜歡把英語譯成日語，由於非常喜歡，上高中時就作為考試練習，翻譯了楚門．卡波提（Truman Capote）的小說。這意思就像是半吊子英語把他的日語弄得洋涇浜，反而產生了異乎尋常的效果，讓半個多世紀不屈不撓地嚮往橫著寫的英（美）語的日本人終於從豎著讀的日語裡讀到了英語味兒。在現代日本作家當中，村上是特別熱衷於翻譯的。有人批評他把瑞蒙．卡佛（Raymond Carver）筆下的工人階級也翻譯成他那樣瀟脫的形象了，但他說過，「所謂翻譯，若不是土生土長的人譯成母語則幾乎不可能」，翻譯尚且不可能，遑論創作，這或許就是他不事所謂「雙語寫作」（bilingual）的原故罷。

說來大江健三郎似有點「五十步笑百步」，其實他的文體也來自過多地閱讀外國文學，但路數跟村上春樹正相反，晦澀難解，據說讀來像詩。村上追求簡單，擄獲了比大江多得多的讀者。他的文體有英語味兒，終歸還是日語。聽流行歌曲，日本的或中國的，歌詞常夾帶英語，歌手唱得很洋溢，我卻想，萬一他或她走向世界，歌詞要譯成英語，那夾帶的英語怎麼辦呢？恐怕不能用日文或中文唱這幾句罷，惜乎哀哉。

村上「亡命」

《1Q84》Book 3也賣得如火如荼，卻還是有人說村上春樹的壞話。例如以月旦評為能事的評論家佐高信，認為讀這麼三大本純屬浪費時間。幾年前他就給村上斷過罪：「有『類、種、個』三個概念，個人之上有種族，其上進而有人類，但村上的小說不出現『種』，也就是民族或國家的問題，換言之，即政治或社會。避開這樣的麻煩問題，他飛上人類，往返於個人與人類的問題，日復一日。離開日本，住在美國，也是為了可以不考慮棘手的種的問題罷。鐵樹開花，也有關於地鐵放毒事件的現場採訪，但簡直像高中生的觀察筆記。」對於這個佐高來說，可不，村上的粉絲們是「無緣的眾生」。

出版《1Q84》的新潮社有一個季刊雜誌，叫《思考的人》，二〇一〇年七月號長篇訪談了村上春樹，談小說，談寫作，談出道三十年來的變化，當然重點談《1Q84》。雖然作家應該是解說其作品的最後那個人，但村上小說看似淺白，卻難解其意，以致他再惜話如金，也不得不一次次出來自道。內容不免重複，但話是越說越圓，明晰而系統，這回就堪為定本。

《1Q84》中出現契訶夫的《薩哈林島》。契訶夫寫《薩哈林島》是出名之後，甚至遭批判：為什麼非去什麼薩哈林島，寫這種東西不可。採訪者恭維了一番，村上說：跟《薩哈林島》「不能比，但《地下鐵事件》也是認真聽人說話，把它公正地記下來，由此努力表達自己的憤怒或悲哀。過後重讀，頗覺得這個工作幹對了。」《地下鐵事件》是採訪地鐵放毒事件受害者的紀錄，非虛構作品（以前他也曾參觀日本的各種工廠，寫了一本《日出國的工場》），在訪談中輕輕反擊了佐高們一把。

那麼，村上為什麼離開日本去美國呢？就是為了寫「長長的小說」嗎？原來《挪威的森林》大暢銷，乃至成一個社會事件，卻也是他本身的事件。

出版了《世界末日與冷酷異境》（1985），一九八六年村上旅歐，在那裡寫作《挪威的森林》等。住在海外，不必管閒事，能集中工作，對於村上是一大轉換期。起初沒打算寫那麼長，但寫起來就收不住了。

寫完之後卻覺得這不是自己真想寫的小說，寫實文體對於他來說完全是一個例外。對於小說中出現的人物後來怎樣了，他毫無興趣，不可能寫續篇，而其他小說的各種人物還留在心中，能接著寫。《舞・舞・舞》可說是《尋羊冒險記》（1982）的續篇，與《聽風的歌》（1979）構成一個系列。

村上生來不愛拋頭露面，不積極做社會公益，也盡量不跟文壇來往。不跟誰特別交往，別人也不管他，簡直是不被人理睬。不麻煩別人，也不希望被別人麻煩，互相尊重自由。不在意褒貶，只是按自己的步調埋頭寫文章。明知道這種性格不大被人喜歡，但對於自己，這是自然的，而且是需要。《挪威的森林》不斷地增印，他感到不安了，這樣一來，自己不就不再是以前的自己了嗎？猶如海嘯襲來，周圍的環境不會簡單地容許他維持從來的生活方式。

三年之後從歐洲回來，塵埃猶未落定。正當日本文學本身變質，主流失去了實質的時候，不屬於村上文學的《挪威的森林》大賣特賣，賣過了頭，結果村上無意中「越位」。媒體一鬧哄，「像我這樣普通的人身上發生了不普通的事，就都亂了套」，和周圍人的距離關係也變得怪怪的，深感孤立。他說：「我出版了《挪威的森林》（1987）和《舞・舞・舞》（1988）這兩個長篇小說以後，陷入了相當長的精神消沉狀態。」

對於作家來說，小說暢銷當然是最大的喜悅和驕傲，但結果，直接或間接地失去一些貴重的東西，首先是難得的「愜意的匿名性」。關於這件事，他本來不想說，「打算默默地帶到墳墓裡去」。處於消沉狀態，只能做做翻譯，鼓不起寫小說的情緒，寫不了任何文章，甚至連簡單的日記都不能記。他在《遠方的鼓聲》中寫道：「非常奇怪，小說賣十萬冊時，我感到被很多人愛、喜歡、支持，而《挪威的森林》賣了一百幾十萬冊，我感到自己極其孤獨了。而且覺得自己被大家憎恨、厭惡。」

於是他決定「亡命」，一九九一年又離開日本，在美國一住就四年有半。

不過，諾貝爾文學獎不會獎給他這樣的「亡命」作家，沒有政治性。「日本人不亡命。」評論家加藤周一說。「明治以後很多留學生或視察團被派往歐美諸國，但他們之中幾乎沒有人留在當地不歸。……從一九三〇年代到四五年戰敗，納粹德國和亞洲侵略戰爭的日本的對照性不同之一是，在日本，知識人亡命極為有限。……日本亡命者少，在異國城市實現志向的亡命者更少。」但村上的「文學亡命」是成功的。遠離了是非之地，對於他是一個巨大的轉機，寫作了《發條鳥年代記》。不過，那時候日本經濟像啤酒一樣泡沫泛起，不可一世，美國人來氣，反日情緒正甚囂塵上，大肆敲打日本，在這種氛圍中生活很有點提心吊膽，不得不反躬自問日本人到底是怎麼一回事。承受著外壓寫《發條鳥年代記》，簡直像自己糟蹋自己，是他寫得最吃力的小說。

一九九五年日本發生了兩大事件，阪神大地震和地鐵放毒事件，促使他決心回國，因為「是日本小說家，以日本為舞臺、以日本人為主人公寫小說，要用自己的眼睛好好看清其變化」。重返令他不快的日本，人大大堅強起來了，《挪威的森林》事件也已然遠去。這個小說被張揚為「百分之百的戀愛小說」，其實村上認為它只是「普通的寫實小說」，他「甚至不知道戀愛小說究竟是什麼意思」。但「徹底言及性與死」，也使這個小說被不少讀者捧著當色情小說讀。

村上不認為自己是藝術家，而是搞創作的人，創造之意的創作家。藝術家和創作家的區別在於藝術家認為自己活在這地上本身就具有一個意義，而他呢，吃米飯，乘地鐵，逛舊唱片店，普普通通過日子，毫無特別之處。只是伏案寫作時能踏入特殊的場所，這大概也是所有人都或多或少具備的能力，但他偶然具有更往深裡追求的能力。活在地上是普通的，但掘進地下的能力和從中發現什麼、迅速抓住它變換成文章的能力或許超乎普通人，是一個特殊技術人員罷。

村上翻譯

村上春樹出版了《挪威的森林》，空前暢銷，結果卻打亂了他本人一貫的生活方式。「無法輕易地接受自己在文壇社會或媒體中的位置或角色似的東西，這裡有性格上的因素，也有基本觀念的不同。而且拒絕所處場所而產生的種種摩擦有時使我焦躁，有時又使周圍的人焦躁。」

什麼是文壇？他這樣定義：大出版社文藝雜誌圈子所支撐的文藝行業。

村上出了名卻不願閃亮登場，到社會上拋頭露面，所以，「這一時期混亂，焦躁，老婆壞了身體。完全鼓不起寫文章的情緒，不管什麼樣的文章。從夏威夷回來，夏季裡一直做翻譯。不能寫自己的文章時翻譯還能做。埋頭翻譯別人的小說對於我來說是一種療癒行為。這是我做翻譯的理由之一。」

翻譯也是一個興趣。他「明確地說，我喜好翻譯這一行為本身，所以才這麼不膩煩地沒完沒了地繼續翻譯。把它不叫興趣那該叫什麼呢……」

村上開始寫小說，寫的是《聽風的歌》。他起初就不認同從文學語言上把文章越複雜化、越深化越好，要寫得簡單，誰都不曾寫過的簡單。為使文章盡量地簡單，開頭幾頁他是用英語寫，再譯成日語。雖然從十多歲開始讀英語書，費茲傑羅（F. Scott Fitzgerald）讀過好幾遍，上大學不久考試英譯日，他不用準備，刷刷刷，就在班上考第一，不過，用英語作文畢竟是稚拙的。可是他發現，只是用基本的簡單的詞彙也能夠寫文章。小說出版後，周圍好多人對他說：那就叫小說，我也能寫嘛。說歸說，未必能落實到行動上，事實是只有村上春樹用簡單的語言描寫不簡單的現實。或許可以說，若把村上小說翻譯得花裡胡哨，那就違背他的初衷，他的風格。

村上寫長篇小說幾乎一天不休地寫，絕不染指隨筆什麼的，但翻譯完全用另一個腦子，所以每天翻譯一兩個小時，換一換心情。雖然不是為生活，不是被委託，也不是要學習，但是從結果來說，翻譯也是寶貴的學習。他曾說：「我的短篇小說老師有三位，費茲傑羅、楚門・卡波提（Truman Capote）、瑞蒙・卡佛（Raymond Carver）。我細讀這三位作家寫的短篇，也熱心搞翻譯。」他沒有文章老師，也沒有寫作夥伴，對於他來說，翻譯是一所學習小說結構的大學校。

更有意思的，他說：「做翻譯，時常自己就變成透明人似的，通過文章這一電路，產生一種好像鑽進他人的心中或頭腦中去的感受。或是我對於通過文章這東西和別人建立那樣的關係非常有興趣罷。」不願走上文壇，面對媒體，而是藉文章與他人溝通，單向地接受或享受，簡直一宅男。

村上的翻譯不屬於小說家的翻譯，從不把自己的文體強加給原作。所謂意譯，文字裡往往混入了譯者的恣意解釋。他的標準，首先要譯得正確，不損害正確的精度，運用文章技巧遣詞造句，以致造成一種文體，這也就是中國例行的信達雅。

他說過：微妙的含義難以正確地翻譯，明知其不可譯而硬譯，不妨譯成最簡單的。這應該是翻譯的一條原則。就此想起芥川龍之介有一句「自然美，是因為映在我臨終的眼裡」，簡簡單單，若譯成「自然的美是映照在我末期的視線中的」，就顯得累贅，意思也有點走樣。與中文相比，日文語句似較為簡單，於是翻譯時添枝加葉，大肆中國化，無非暴露了譯者水準之低，玩不出準確而簡單的中文。

中國古人從事翻譯有八備十條，其一是態度：誠心受法，志在益人。還有兩條更值得我們長記取：襟抱平恕，器量虛融，不好專執；沉於道術，淡於名利，不欲高炫。（出自宋普潤大師法雲編《翻譯名義集》）

村上不讀三島

村上春樹上中學時第一次讀長篇小說，讀的是蕭洛霍夫（M. A. Sholokhov）的《靜靜的頓河》，不大有意思，卻讀了三遍，那麼長的長篇小說。他說，他的文學教養根柢是十九世紀小說。所謂十九世紀，是歐洲的十九世紀，至於日本文學，他向來不大放在眼裡。這兩年《1Q84》賣得不亦樂乎，這是他「要寫自己的綜合小說，作為目標，當作最大樣本的是杜思妥也夫斯基。」「或許也可以說，《1Q84》是對二十世紀『現代文學』譬如沙特式的東西的、我本人的對抗命題。」

對於日本文學，村上究竟是怎麼個看法呢？

以往村上對媒體避之唯恐不及，最近文藝春秋出版社把他一九九七至二〇〇九接受的採訪集為《每天早上為做夢而醒》，十三年間僅只十八次，其中國內七次，國外十一次。出版《1Q84》以來的採訪未收入。二〇一〇年七月他在《思考的人》雜誌上發表了長篇訪談，其中也談到對日本文學的看法。

他說：「極簡單地說，戰後文學是前衛與寫實主義的對立。寫實主義中有馬克思主義的寫實，有私小說的寫實，但根本上沒多大變化。與之對抗、拒絕寫實主義的是前衛派的理性小說，後來被吸收為後現代主義。哪個陣營都不特別看重『故事』。日本戰後文學讀了能覺得真有趣的，僅僅對於我來說，不大有。」

對於他來說，寫小說這事本來是不好意思的，什麼最不好意思呢？那就是心理描寫之類。日本所謂純文學以寫實主義文體、心理描寫為主，也就是囉囉唆唆寫囉唆事。讀來一點都沒意思，更不想自己寫。大學時代讀美國作家理查·布勞提根（Richard Brautigan）啦，寇特·馮內果（Kurt Vonnegut Jr.）啦，這才知道不描寫心理也能寫小說，沒必要囉唆。

近代大文豪夏目漱石的文章，除了課本上，村上在結婚之前沒讀過，敬而遠之。上大學時結婚，那是一九七一年，沒有錢買書，只好讀夫人的藏書，其中有漱石全集。他喜歡《三四郎》、《其後》、《門》，怎麼也不喜歡《心》和《明暗》。對作品做客觀評價是另一回事，從個人的角度喜歡《礦工》，這個小說在村上的《海邊的卡夫卡》

裡也出現過。喜歡它完全沒有進展性，沒有可以叫做主題似的東西，不大明白寫這個故事的目的，這樣不得要領的後現代主義式氛圍非常好。《明暗》好在哪裡？何必費那麼大工夫把這種明擺著的事寫成小說呢？被他這麼一說，水村美苗續寫《明暗》就成了無聊。這個在耶魯大學讀過法國文學博士課程的女作家認為日本文學的好壞不能聽外國人說三道四，大概是暗指村上。

現代小說家谷崎潤一郎的書也是婚後才讀的。《細雪》有意思，谷崎本來是東京人，移居關西，用觀察異文化的眼光創作了栩栩如生的小說。村上是關西人，若不是十八歲來東京上早稻田大學，而是一直在關西（京都、大阪、神戶一帶），悠然度日，或許就不會寫小說。另一原因是語言問題。關西生關西長，說的是關西話，來到東京說東京話，使用雙語，自然而然地意識語言性，頭腦多層化。這樣在東京生活七、八年，驀地想，不能用第二語言（東京語）寫小說嗎？村上從高中時代讀英文書，養成用英文讀書的習慣。從關西話到東京語，再到英語，多層化語言環境造就了他的文章風格。

三島由紀夫，村上說幾乎沒讀過。他認為自己跟三島不同，大概三島覺得自己是特殊的人，具有別人沒有的藝術感性。他不喜歡三島由紀夫和川端康成的文體，也沒有興趣拿來當工具。從文體來說，戰後文學中最喜歡安岡章太郎，也喜歡小島信夫。這兩位小說家在日本文學史上屬於所謂第三新人（一九五三至五五年出現的一批小說家，夾在第二次戰後派與石原慎太郎之間）。雖然不愛讀日本文學，但是要逗留美國，必須當客座教授，不得不講授日本文學，村上講的就是這第三新人。要不是這種機會，他也不可能如此熱心地細讀日本戰後文學。他寫道：「我對日本戰後文學的主流怎麼也無法有興趣，但是對『第三新人』一代的作品（至少其中的某種東西）能抱有共鳴而接觸。恐怕吸引我心的是他們初期作品中的自由與質樸。然而，這些美點隨著時代倒退，變身為別的東西。」他選了六位作家，其中丸谷才一出道晚，算不上第三新人，但正是他，第一個盛讚村上，說村上的出現是一個事件。有意思的是，對丸谷持否定態度的人大都對村上不以為然。

聰明人不寫小說，村上說，因為「小說真正的意義和長處莫如說在於對應性之慢、信息量之少和手工業式進度。」而且，「對於小說來說最重要的是用時間來檢驗。」村上寫作三十年，作品經住了時間的考驗，為人們所愛讀，雖然未必都讀得明白。或許就因此，他曾給自己的

「全作品」寫解題，《1Q84》上市後也一再接受採訪，詳加解說。他抱怨：國外說他作品具有獨創性的評價多，除了村上誰也寫不來云云，然而在日本，誇也好，貶也好，幾乎不提他寫的東西是獨創。他歸因於日本不大重視獨創性。

如他所言，關西人跟東京人不一樣，十分話只說五、六分，即便在東京生活了半輩子，畢竟是關西人，大概村上還有一半話沒說罷。

村上與芥川賞

作為小說家，大概村上春樹是當今日本在世界上知名度最高、銷售量最大的，這樣的小說家接著的話題就該是諾貝爾文學獎，好多年來每逢天涼好個秋，這事也真的折騰日本人。不過，獎項之於村上，還有一個老話題，那就是芥川賞竟然沒有獎給他。

提起日本作家，中國讀者已如數家珍了，渡邊淳一、村上春樹、東野圭吾……等等，可是在日本，自從一九三五年創設兩個文學獎，芥川賞和直木賞，在讀者心裡逐漸壘起純文學與大眾文學之隔，雖然人心不古，兩者的界限越來越曖昧，但說道作家，除非暢銷榜上排排坐，如今也不會把這幾位相提並論。

芥川賞的對象是純文學作品，獲獎作及其得主幾乎能構成日本現代文學史，卻也頗多遺憾，其一是不曾獎給兩個人，遠的是太宰治，近的是村上春樹。還有一個叫島田雅彥的，六次入圍而未果，年年要預備一通獲獎感言，夠他尷尬的。怒不可遏，挑頭搞了個「瞠目反・文學獎」，可惜只鬧哄一把就收場了。同是天涯落選人未必同病相憐，他攻擊「村上春樹是無聊的幻想小說」。二〇一〇年島田竟然被請去當芥川賞評委，可見文學成就很可觀；也有人說，他是媳婦熬成婆，會不會弄出個七次落選的。

村上的《聽風的歌》一九七九年入圍芥川賞，說好的說它是塗抹了日本情趣的美國式小說，說不好的則說作者讀外國的翻譯小說讀過頭，有一股黃油味兒。日後獲得諾貝爾文學獎的大江健三郎不指名地評說：巧妙地模仿今天的美國小說，但無關乎獨自創造，這種嘗試於作者於讀者都無益。芥川賞有登龍門之稱，剛剛出道的村上當然也在意，二十年過後，他寫了一個短篇小說〈蜂蜜派〉，公然嘲諷芥川賞評選：這些傢伙都是豬腦子，什麼叫欠缺小說性展望，那不等於說今天的燒牛肉欠缺牛肉性展望嗎？

這兩年暢銷的《1Q84》也寫到芥川賞。小松是資深編輯，對努力當作家的補習學校教師天吾說：

「我考慮吧，再大點兒的。」

「大點兒的？」

「對，不談新人獎之類小的了，反正就是要瞄準更大的。」

天吾沒做聲。不清楚小松意圖所在，但其中能感到某種令人緊張的東西。

「芥川賞嘛。」小松隔了一會兒說。

「芥川賞。」天吾重複了一遍，彷彿把對方的話用小木棍大大地寫在濕沙子上。

「芥川賞。連你那麼不諳世故的人都知道吧。報紙上大登特登，電視也報導。」

……

「如果得了芥川賞，往後怎麼樣？」天吾又振作起來，問道。

「得了芥川賞就會有好評。世上大多數人幾乎不懂什麼小說的價值，但都怕被潮流落下，所以有書得了獎，成為話題，就買來看。作者還是個女高中生，那就更來勁兒……」

村上文學是逍遙派文學，他的人物在學生運動年代不參加運動，談情做愛。提及小說的價值，或許與前些年福田和也出版的《作家的價值》有關，這位評論家給活著的五十位純文學作家和五十位大眾文學作家的主要作品打分，村上的《發條鳥年代記》得了最高分，讚他為夏目漱石以來最重要的作家。口口聲聲芥川賞，但那個十七歲少女的小說獲得新人獎，大暢其銷，小松的態度為之一變：這樣的話，芥川賞什麼的得不得都沒關係。就是說，獲獎是一種宣傳手段，目的在賣書。書的價值靠閱讀來實現，而閱讀的前提是書的流通。現在的說法是酒香也怕巷子深，書就更怕了，況且墨香越來越淡薄。據輿論調查，為什麼買

《1Q84》，多數人是因為媒體一窩蜂拿它說事。文學獎是文壇的門檻，獲獎作品會成為文學史的路標。獎項大都由出版社設立，用它來掌握對文學的發言權。獎可以給文學作品增加附加值，副作用也大，甚而使人們注意的不是作品的內容。被當作社會話題，未必是文學或出版的勝利，更像是大眾傳媒的發達。常說寫作是孤獨的，閱讀是孤獨的，但人都怕孤獨，暢銷書就解決孤獨問題，使寫與讀變成集體狂歡，當然，狂歡過後是一片狼藉。

我們說八〇後、九〇後，似不無庸俗進化論的味道，著眼於年齡，於是看他們做什麼，或者懷疑，或者驚奇，把他們僵化在一個模式中。日本人愛分類分派，近代文學史上派別紛呈，對中國文學也頗有影響。一九七〇年代以後，作家幾乎人自為戰了，不再拉幫結夥。似乎這也是同仁雜誌衰亡所致，同仁雜誌本來是小團體主義的。創設芥川賞和直木賞的菊池寬說，為藝術而寫是純文學，為娛人而寫是大眾文學。在商品社會，純文學缺少商品性，彷彿無限地接近自然科學。寫純文學不是為飯碗而動筆，而是有非寫不可的欲望。所謂純文學，是為數不多的追求文學性、藝術性的作家和為數不多的能理解文學性的讀者之間惺惺相惜而成立的文學。大眾文學作家把讀者當上帝，而純文學作家自己就是上帝，本來就沒想讓你讀懂，為文學而獻身，吃不上飯也屬於正常。大眾文學是為了大量消費而大量生產的文學，從生產和消費的形態來說是商品文學，在通俗性上與純文學對立。文學大眾化，必然帶來文學低級化，需要純文學予以矯正、提高。

二〇一〇年角川書店向大眾文學家山田風太郎致敬，設立山田風太郎賞，第一回獎給了貴志祐介的《惡的教典》。這是一部推理小說，位居二〇一〇年推理小說排行榜前列。還有一部榜上居前的《掏摸》獲得大江健三郎賞，作者中村文則已得過芥川賞（2005），似乎顯示著純文學與大眾文學的融合。其實，村上春樹的《1Q84》也滿含推理因素、動漫因素。大江健三郎賞是講談社二〇〇六年紀念建社一百年、大江出道五十年設立的。獎品不是錢，而是把獲獎作翻譯成英語或法語、德語，推向世界。由大江唱獨角戲，一個人選評。據說從年度出版的一百二十本「用文學語言」寫作的作品中篩選，大江不發表評語，只是和獲獎者舉行一場對談。人滿為患，來聽的基本是他的粉絲。說是對談，實際上只是大江在那裡夸夸其談，獲獎者聆聽教誨。

食蓼蟲

詩一首：蓼蟲何意嗜辛蔬，識字從來憂患初，傲骨崢嶸難媚世，茂陵長臥馬相如。引自《艮齋詩略》；清末俞樾編《東瀛詩選》，評艮齋詩，曰「可傳者頗多，蓋亦學人之詩」。漢文曖昧，「學人」若解為動賓結構，就是個貶意，但此處作名詞。安積艮齋是江戶時代末葉的儒學家，當年佩里率艦隊叩日本國門，他也曾參與翻譯美利堅國書。詩只是一般，最後「馬相如」更露出馬腳，中國人不會把姓氏如此省略。

食蓼蟲，白居易有詩：何異食蓼蟲，不知苦是苦。蓼葉辛辣，日本人吃魚生用蓼芽佐味。谷崎潤一郎有一個長篇小說叫《食蓼蟲》，序言中寫道：「調查一下，發現中國諺語『蓼蟲不知苦』是日本諺語的元祖，詳細說，是『冰蠶不知寒，火鼠不知熱，蓼蟲不知苦』（按：此語出自宋人《鶴林玉露》）。我沒嚐過蓼葉，看來非常苦。此諺語好像是嗤笑愛的人沉溺於愛，不覺察對方的缺點，但日本把本來的意思略加引申，很多時候也用於人各有秉性，所以應該任個人所好，他人不要干涉。總之，我用作小說的題目是依照後者的解釋。」聽人說，同樣意思的英語諺語是名人有其所好，這可不大有妙趣。

一九二三年關東大震災，自小有地震恐懼症的谷崎趕緊從東京遷居關西；一九九五年關西發生阪神、淡路大震災，他幸而去世已整整三十年。一九二六年，谷崎到淡路島觀賞自十六世紀傳承的人形淨琉璃，兩年後寫作了《食蓼蟲》。關西是大和王朝所在地，古風猶存，本來多變的谷崎順其自然地回歸古典。川端康成說：「谷崎的作品早就有很多譯成外語，特別是近年翻譯《食蓼蟲》、《細雪》等，在西洋諸國也受到尊敬，而且被視為現代日本代表性大作家，國內的我們也覺得理所當然。」一九五八年三島由紀夫以《食蓼蟲》等作品推薦谷崎候選諾貝爾文學獎，但評委會說是沒準備好接受，十年後準備好了，谷崎已死，接受的是川端康成。谷崎為現代文學潤色的古典之美被村上春樹清洗殆盡。

因鬧過一場谷崎要把妻千代讓給佐藤春夫的事件，所以《食蓼蟲》所寫妻的情人被指認為佐藤，但谷崎之弟終平在千代死後撰文，挑明千代早就有情人，不是佐藤，而是住在谷崎家的美青年和田六郎（日後為推理小說家），並且流過產。可能像小說一樣，這場姦情為谷崎所容許，甚至他一手導演。不知何故，有情人未成眷屬，這才有谷崎二度讓妻，和佐藤、千代發表了聯合聲明，轟動社會。

寫《食蓼蟲》的日子谷崎正過著主人公斯波要一般的奢華生活。斯波結束與俄羅斯娼婦的關係，轉而迷戀人形似的日本女性；谷崎離婚後提出徵婚七條：關西人，但不喜純京都味；適合日本髮型；不是美人可，手腳須奇麗，云云。

井上廈逸事

對於日本人的姓名，我們的法子是照搬漢字，這倒是「名從主人」的老規矩，譬如大唐年間，日本人覺得倭不好聽，改稱日本，武則天也說那就隨人家叫罷。可是，用假名起名的日見其多，就不大好辦，找來些漢字頂替，主人看了也不知道「我是誰」。例如井上廈，名ひさし，被我們代以廈字，為什麼不取日本更常見的漢字呢？因為他本名就用這個字，卻像是我們做事很愛揭老底，幸而他沒說「更不許，人前叫」。

提及井上廈，便想到井上靖，就好像提起李長聲，有人就想到李長春一樣，但長聲生於長春，跟這個叫長春的人卻搭不上關係，憾甚，而廈和靖之間有一段逸話。那是一九七二年在芥川、直木兩獎的頒發典禮上，井上廈榮獲直木賞，他母親，想來是愛拋頭露面的，也趕來觀禮，見芥川賞評委井上靖在座，便湊了過去，說：您徵文獲獎時我丈夫也獲獎了，他要是不早死，說不定比您更了不起。井上廈當場的狼狽就無須贅言了，但是從日後的歷程來看，如二人先後當日本筆會會長、呼籲世界和平七人委員會委員，井上廈替父親起碼與井上靖並駕了。

五歲時父親去世，他問母親為什麼父親不在，母親指著父親留下的幾架藏書，說你就把這書山當父親罷。弄壞書，挨母親訓斥，他說：長大了還妳幾倍還不行嗎。果然，一九八七年井上把七萬冊藏書捐贈（後來也不斷寄贈，冊數倍增）給故鄉山形縣川西町，開設圖書館，叫遲筆堂文庫。據說每本書上都有他閱讀過的痕跡，令人驚嘆。井上廈在隨筆中寫道：他「形成了一種信仰：書中有父親，成就父親未果的夢想是一生的工作」。

他前妻叫好子，離婚十二年後的一九九八年，突然出版一本書《阿修羅棲居之家》，暴露井上在家裡經常暴打她，像離婚一樣，這事也轟動社會。按前妻的說法，寫作是孤獨的，井上打了老婆才得以進入寫作狀態，好似出征前祭旗。跟班編輯們都知道他的毛病，竟合掌懇求：今晚拿不到稿子就完了，夫人，求您啦，就讓他再打兩三下罷。此話若當真，更可惡的倒是這些編輯。作家當然不是什麼靈魂工程師，但也不能以文學的名義為所欲為，不過，全信書不如無書，如今書尤不可信，姑妄聽之。

書中還寫到井上廈未成名時代，她替丈夫送稿件，背著一歲的次女，牽著三歲的長女，天寒地凍，站在門口等回音。由此不禁想起二十多年前，在長春編輯雜誌，籌劃出一個井上廈特輯。那年月難覓日本書刊，徑直寫信向作家索要，不僅毫無著作權概念，甚而覺得翻譯介紹其作品簡直就是給作家面子。井上寄來一些文庫本，附有一封信。當時以為信寫得古里古氣，日本人也看得懂，落款還用了「頓首」二字，豈料回信的信封上竟寫著「李長聲頓首」收；是井上夫人代辦的。再後來聽說他們離婚了。

日前在報上愕然看見：小說家、劇作家井上廈於（2010年）四月九日晚因肺癌去世，享壽七十有五。

官能小說家

或許人的想像力衰退，一見短袖子，不能像魯迅說的，立刻想到白臂膊，躍進地想下去，而要靠小說家妙筆生「淫」，這種小說日本叫官能小說。官能是器官功能之略，但官能小說單說性官能，用色情譯之，似多了情字，譯作色欲小說罷。小說具有「催淫力」，直至一九七七年經常遭警方取締，而今人越來越開放，難為官能小說家挖空了妄想。出版多採用小開本，封面是寫實的彩繪仕女圖，被書店擺在不顯眼之處，卻耐得住經濟蕭條。

作家常被問：為什麼寫？寫什麼？官能小說所寫通常被社會良知或共識鄙棄，為何偏要寫？二〇〇六年勝目梓出版了長篇小說《小說家》，主人公就是「他」，寫他人生坎坷，寫他怎麼就寫起官能小說。

他生於一九三二年，家貧，十七歲輟學，下井挖煤。生活裡本來沒有書，患病住院，養成讀書習慣。痊癒後養雞賣蛋，養家之餘寫小說。兩篇小稿居然被雜誌發表，便有了自信。雖然不忍心為文學而犧牲身邊的人，但按捺不住以文學為生的欲望，首先成為犧牲的是那些雞。日本舉辦奧運會的一九六四年來到東京，開卡車餬口。每天起早寫兩個多鐘頭小說，運完貨歸途找個地方停車，伏在方向盤上讀書。參加同仁雜誌，一年半之後發表作品，這時中上健次高中畢業進京，也加入同仁。中上像一面鏡子，他照見自己：人家生來有東西要寫，非寫不可，而他幾乎沒有向人展示內心世界的欲求。熱衷於寫，充其量是一個工匠，只能把文字碼成小說，觸及不到人的靈魂深處。三島由紀夫自殺，更教他感到文學或觀念的可怕。

但需要錢，跟前妻離婚，同前情人分手，和新戀人結婚，都得用錢解決。除了幹體力勞動，沒有發財之道，就只有伏案寫字這本事，可世上早沒了代書行當，於是他決定轉向娛樂文學。上世紀七〇年代是大眾歡欣鼓舞的時代，娛樂文學也興盛。他沒有寫歷史小說的素養，沒有寫推理小說的頭腦，甚至人到四十，窮得沒玩過，不懂得如何自娛娛人。那就拋開文學的視點與技法，超越人的一切屬性，寫原始欲念——性以及暴力。四十二歲獲得娛樂文學的新人賞，重新出道。兩年後（1976）中上健次作為戰敗後生人第一個跳過芥川賞龍門。

曾與團鬼六並為官能小說雙璧的千草忠夫至死也不明正身，而勝目梓是真名實姓，廣為人知。長女求職面試，被問及你這個當女兒的對乃父的小說有何感想，答道：我認為父親現在寫的東西不是他真想寫的。然而他本人不打算為女兒們的臉面而姑隱其名，絕不向社會良識派妥協。對愛情感興趣的可以寫愛情小說，而他作為小說家最感興趣的是性與暴力。

《小說家》屬於私小說，勝目用三百部官能小說墊腳，終於踏進了純文學地界。他實話實說，倒像是老實人。

丸山健二的高倉健

世上有兩種怪人，一種是搞怪，又一種是見怪。人見人怪，可能本人卻並非故作姿態，只是在我行我素罷了，譬如丸山健二。

二〇〇四年綿矢莉莎和金原瞳二人同獲芥川賞，話題鼎沸的是她們一個二十歲零五個月，一個還差一個月才二十歲，而長久保持最年輕獲獎紀錄的，就是這丸山，一九六七年他剛過了二十三歲生日，以短篇小說〈夏流〉獲得芥川賞。

一九五六年芥川賞頒給二十三歲零三個月的石原慎太郎，其作品驚世駭俗，從此，這一文學出版活動變成了引人注目的社會新聞。可是，當新聞人物的熱鬧卻惹惱丸山，此後谷崎潤一郎賞、川端康成文學賞要獎他，統統被拒絕。就在同一年，五木寬之獲得直木賞，數十年來出盡風頭，如今很有點教主派頭。丸山則「孤高」，遠離文壇，結廬在群馬縣山間，采菊東籬下，以自己的生活方式批判現代城市文明，此類隨筆曾招引了不少粉絲。他把現代美國小說看作小孩玩尿泥，不知有沒有譏諷村上春樹的意思。

丸山在隨筆中寫道：「所謂自然美麗，與生活環境嚴酷同義。」「鄉村生活需要的是自己的事情自己做的堅強心態和體力。」他認為酒是毒藥，「除了酒之外，還有侵蝕你心身的東西，那就是孤獨感。」或許這就讓他推崇肌肉隆隆的男子漢模樣，陽剛之氣，而日本貢獻給世界的典型人物非高倉健莫屬。

電影導演張藝謀景仰高倉健，就請他拍電影，而丸山是小說家，別出心裁，為高倉健量身訂做了一部小說，叫《鉛彈玫瑰》。雖然主人公另有名姓，但封面是丸山拍攝的高倉健寫真，卷首又一幅黑白的，老態英姿。扉頁上題記，有云：「最後的真正的電影演員高倉健隨著加齡越來越出色，富有人情味，終於變成了一個超出銀幕之外的怪物，也就是說，化作了罕見的存在——單是用攝影機捕捉已達到界限，遠遠超越了演員的範疇，固然是肉體的，但恐怕更是精神的。所以我這樣想：倘若不是影像而是語言，驅使比電影更具有影像性的文章，那麼，挖到高倉健所蘊藏的原封礦脈大概是可能的，大概能引出用電影誰都無法迫近其核心的深藏魅力。」

可惜，他筆下的高倉健形象似乎未達到他自許的高度，對於他指責的文學界或電影界的輕、薄、低、柔，可能也如同蚊叮蟲咬，夠不上刺激。評論家福田和也搞怪，給丸山健二的小說打分，〈夏流〉六十六分，而一九九二年出版的《千日琉璃》僅僅二十一分，雖過於苛刻，但是自這部長篇巨製以後，丸山更熱衷於文學試驗，讀來真令人替他捏一把冷汗。《鉛彈玫瑰》是二〇〇四年出版的，好似仿造高倉健拿手的電影，偏重故事性，開篇就是他刑滿出獄，年將七十……

私小說之私

東京老店還可見「下足番」。掀簾進門，脫鞋升階，身穿「作務衣」（和式工作服）的老者遞過來一塊木牌，他就是「下足番」，專門負責鞋。酒足飯飽後交下木牌，他把鞋擺好，穿上走人。我以為這是舊街遺老的營生，沒想到車谷長吉也做過。

車谷生於一九四五年，二十五歲動筆寫小說，與小他一歲的中上健次前後腳起步，一度有人預言將出現中上·車谷時代。然而，辭掉了工作專事寫作，竟像是死路一條，幾年後一文不名，黯然回鄉。中上卻如日東昇，而立之年獲得芥川賞。車谷在關西地方從事各種行當，其一是旅館「下足番」。三十七歲被編輯叫回東京，重操小說業。又過去十年，一九九二年終於以〈鹽罐的匙〉獲得三島由紀夫賞；當年，中上病逝，才四十六歲。車谷曾寫道：「我能做的，只是用蝸牛的步伐慢騰騰走在時代最末尾。討厭避重就輕，什麼事情都想跟時代對著幹。」

車谷長吉是私小說作家。「私小說」三字，如人穿和服，一見便知是日本貨色，而日本也真就自詡它世界上獨一無二，但實際上他國文學也有之，只是日本有日本的特色罷了。「私」有兩個意思，一是自稱：我；再是私人、隱私。私小說基本照實寫我以及我周圍發生的事情，譬如佐伯一麥把他跟髮妻離婚寫成小說，遭周圍責難，就又把責難始末寫成小說。主人公未必是「我」，如私小說這一純文學的開山之作《棉被》（田山花袋著）用的是第三人稱，但人們往往視之為作者本人，按年譜索隱揭祕。三島由紀夫討厭私小說，說它是想像力貧乏的產物，卻也承認私小說描寫了近代日本人存在的側面。

丟掉羞恥心，什麼都敢寫，寫出來的就是私小說，車谷雖然這麼說，但百分之百寫實話，自說自話，讀來沒意思，他的私小說大半是瞎話。這就不免出問題，他把俳人齋藤慎爾寫進〈監獄後面〉，真名實姓，故事卻純屬編造，人家當然要控告他毀損名譽。「私小說有趣，但被寫了的人不高興」，豈不是常情。加工有度，事實不走樣，應該是私小說的操守。事關隱私，像島崎藤村的《新生》那樣自曝亂倫侄女，若放在今天，恐怕沒有哪個編輯敢打著表現自由的旗號給他付梓罷。

近二、三十年支撐私小說局面的作家有車谷長吉、佐伯一麥、西村賢太。車谷吃了官司，向原告道歉言和，隨即發表了一篇〈凡庸私小說作家歇業宣言〉，金盆洗手。對於私小說文學來說，實在是一大損失。至於他寫作生涯，雖自嘆想像力貧乏，但五十三歲那年已經以九分九瞎話的《赤目四十八瀑布殉情未遂》獲得直木賞，他也寫得來大眾文學。

私小說或許限制了日本文學的巨大可能性，但是把文學之門大敞四開，寫自己那些事誰不能寫呢？當作家在日本從來不像是難事，網路時代就更其容易。關於私小說，我常想起魯迅的話：「我的確時時解剖別人，然而更多的是更無情面地解剖我自己。」

莫把人生吊在一棵樹上

書不可不讀，多讀就更好了。曾寫過一篇短文，介紹日本泡沫經濟崩潰之後的一九九四年，八十一歲的昭和電工名譽會長鈴木治雄挑頭，四十位退居二線的大老闆創辦了一份同仁雜誌《頰杖》，娛樂之餘，並藉以抹去從事實業的人在眾目裡唯利是圖的印象。把此文收入小集子《吉川英治與吉本芭娜娜之間》，塞責地加了幾行追記，說「不知那個雜誌後來怎麼樣了」。真的是開卷有益，多開卷多有益，今日讀《文化打造極致創意》，是福原義春的自傳，其中就寫到這個季刊文藝雜誌，原來近幾年換他當主編。「頰杖」，意思是支肘托腮，可譯作支頤，二〇〇八年伊始發行第五十五期，就持久來說，超過了鈴木當初所追慕的日本文學史上著名雜誌《白樺》。雜誌同仁已多到六十餘人。鍥而不捨，講究有終之美，應該是這些成功人士的本色。

福原義春是日本第一、世界第五的化妝品公司資生堂名譽會長，在打造企業文化上堪稱日本第一杆大旗。他認為，對於經營，文化也具有資本的作用，文化有助於經營，而經營發展又帶來蓄積新文化的結果。他是資生堂創業人的孫子，任職四十餘年，以我們對日本人的印象，其人生只能是單線的，工作，乃至狂。然而，福原攝影，養蘭，讀書，作為文化人，像資生堂品牌一樣出名。這就是他自許的「複線人生」。除了工作沒別的，一條道兒跑到黑，把人生吊在一棵樹上，恐怕就正像他說的，一旦遇挫便走投無路。人生至少還應該有另一條路，即餘暇和愛好，與工作相輔相成。複線人生，尤其當老闆，時間從哪裡來？福原義春回答：不打高爾夫。他說：「我並不以經營為樂，經營飽嚐了艱辛，但遇見其間所發生的人的故事和幾乎難以相信的事情，那是我成長的糧食，也就是目的。」

說來有好些老闆早年都曾是文學青年、美術青年，若不繼承家業，興許當文學家或藝術家、園藝家什麼的。他們辦同仁雜誌，也是圓一圓青春夢。資生堂是日本近代以來企業文化的典範。福原義春重視企業文化，首先是出於本身對文化的興趣，這種興趣則來自家庭環境與教養。比如養蘭，原本是父親的最愛，他從小出入花房，受到美的薰陶。六歲時跟父母拜師學唱三弦曲。伯父當資生堂老闆，也是很不錯的攝影家，所以福原義春上大學時課餘玩攝影，還曾被出版社用作封面，現在擔任著東京都寫真美術館的館長。

據說鈴木治雄去北京談判，帶了一箱子中國古典，讓海關人員瞠目。福原義春愛讀《史記》，不知中國開辦老闆班是否也拿它當教材。身為大老闆，自傳寫得這麼有書卷氣，難能可貴。

關於脫亞

日本的脫亞，就我來說只是一個傳聞而已。其實，關於日本，我們的知識不少都不過是傳聞。文藝春秋出版《福澤諭吉的真實》，作者平山洋，對脫亞之說的來龍去脈做了一番查考，蠻有意思的。

一八八五年三月十六日《時事新報》上發表了一篇社論，題為〈脫亞論〉，寫了這樣一些話：西洋文明之風東漸，所到之處，草木無不披靡。日本國朝野無別，萬事採用西洋近時文明，主義所在，唯脫亞二字。日本國土雖然在亞細亞東邊，其國民精神卻已經脫出亞細亞固陋，移向西洋文明。但不幸近鄰有國，一曰支那，一曰朝鮮，不知改進之道，戀戀於古風舊慣之情無異乎百千年之古昔。論教育則儒教主義，虛飾外表，實不知真理原則。道德掃地，殘酷無廉恥之極，猶傲然不念自省。自今不出數年其國必亡，國土由世界文明諸國分割。我國不可遲疑，待鄰國開明，共興亞細亞，寧脫其伍，與西洋文明國共進退。對待支那、朝鮮之方法，亦不必因鄰國而特予理會，正可從西洋人之風處理。

《時事新報》是福澤諭吉一八八二年創辦的，天天有社論，他和幾個記者交替執筆，署不署名無一定之規，以致日後大雜把收進福澤諭吉的全集裡。福澤是日本第一個活著出全集的人，他自編的《福澤全集》沒有收這篇〈脫亞論〉，後來石河幹明編《福澤全集》也不曾收入，據此，平山洋懷疑此文並非出自福澤之手。他認為，這種論調在當時實屬一般，沒什麼啟蒙之功，《時事新報》說過了拉倒，遑論他報，福澤本人也到死沒再提及。一九三〇年代石河幹明編輯《續福澤全集》收入〈脫亞論〉，但他撰寫《福澤諭吉傳》絲毫未涉筆於此。到了一九五一年，遠山茂樹發表〈日清戰爭與福澤諭吉〉一文，首次發掘出脫亞論，指出：不是作為亞洲一員為亞洲興隆盡力，而是要脫離亞洲，以亞洲鄰邦為犧牲，成為與西洋列強為伍的小帝國主義，在日本民族主義的惡劣傳統中，這個罕見的思想家也被冠以「文明」之名。

再到一九六一年，竹內好在〈日本與亞洲〉一文中寫道：「那個福澤有一個『脫亞論』主張很有名。按照福澤的世界地圖，歐洲是文明的，亞洲半開化，非洲未開化。半開化的國家不趕緊進入文明就不能保持獨立，所以不要管鄰居。」實際上，遠山茂樹之後只有三兩位研究者言及脫亞論，影響僅限於日本政治思想史圈內，但竹內好不愧是文學家，他說有名，脫亞論從此真就在社會上有名了。不過，碩學如家永三郎，一九六三年為《現代日本思想大系》撰寫《福澤諭吉其人及其思想》時似乎還不知道有脫亞一說。

一九七〇年以後出版有關福澤諭吉的讀物就成章成節地談論脫亞了。八〇年代岩波書店出版《福澤諭吉選集》，對脫亞論強作新解，意思是福澤本來希望有助於朝鮮近代化，卻未能實現，深感挫折，不禁發出脫亞論，要在心裡拒絕亞細亞東方之惡友，以免共其惡名。這也給教科書審查官提供了一個藉口：此文是福澤因朝鮮民主化遇阻而沮喪之際撰寫的，實屬例外，不能上高中教科書。平山洋同意這種解讀。他寫書的目的就是為福澤諭吉洗刷惡名：脫亞思想的核心是排除儒教，福澤諭吉從不曾蔑視亞洲。可是，考察一個歷史人物，必須把他放回到歷史的現場，即便當時被誤讀，也只好歸功或歸罪於其人。假作真時真亦假，福澤諭吉就這麼起到了歷史作用，怕是洗刷也洗刷不出來了。

丸山真男曾說過，主要借助於竹內好的影響力，脫亞論家喻戶曉。依稀記得我本人是在一九七〇年代耳聞脫亞入歐的，後來也時而隨手拈來敲打日本（你不是脫亞嗎，脫呀），也該是那位在中國有大名的竹內好影響所致吧。至於研究日本思想史的著述，時至今日，唯讀過這個平山洋的書，因為是寫給一般讀者的通俗讀物。

文學影武者

芥川賞年年被當作新聞報導，對於文學來說當然是好事，但話題未必是文學，譬如獲獎者年齡。自石原慎太郎二十三歲獲獎以後，這個年齡彷彿是一道檻，半個世紀才突破，綿矢莉莎獲獎時差一個月二十歲。高齡也會被當作話題。直木賞得主有六人年過六十捧獎在手，而芥川賞獎勵新手，似這般年齡只一位叫森敦的：一九七〇年以《月山》折桂，差一個月六十二歲。小說家、評論家小島信夫稱讚此中篇小說超越了夏目漱石的《明暗》和《草枕》。

森敦是奇人，也是怪人，最教人奇怪的是他小小年紀就得到文壇大老菊池寬賞識，師事橫光利一，二十二歲在報紙上連載處女作，並且和太宰治、檀一雄等人辦同仁雜誌，卻再未發表作品。莫非真的是認為中國古典、佛教經典及《聖經》裡都寫著，再絞盡腦汁創作也是多餘。森敦雖然不寫，但是有想法，鼓動別人寫，藉以實現自己對文學命題及結構的思考。譬如指導十多年前就得了芥川賞的小島信夫寫，題目也是他擬的，即長篇小說《擁抱家族》，獲得谷崎潤一郎賞，他在幕後也心滿意足。已拿過推理作家協會賞的三好徹寫《聖少年》，他說這不行，應該寫少女，三好便回去重寫，以《聖少女》獲得直木賞。森敦在小印刷公司做工，幾乎天天有文學愛好者登門求教，小說家後藤明生讚他如白鯨，是深淵的帝王。勝目梓也常在茶館領教，森敦說：你應該像其他人那樣把我的話錄音，回去反覆聽，但勝目到底理解不了形而上，轉向寫官能小說。

森敦安貧樂道，道自己那一套文學理論需要有人聽，招攬了一個叫富子的文學女青年，後來更成為養女。森富子寫過一本《和森敦對話》，把這位業餘的文學教祖寫得很生動。相貌有點憨，髒兮兮我行我素，幾乎吃不上飯，卻一天到晚談文學。從夫人嘴裡得知，森敦也曾起早伏案，置酒一大瓶，邊喝邊寫，總不能滿意，「邊喝酒邊寫的文章不行！」接著卻還是邊喝邊寫，廢紙成堆，夫人勸他何苦再寫呢，不如飲酒聊天，散步觀景。森敦折筆，放浪三十年。富子激起了森敦動手寫的欲望。每天出勤，坐山手線頭班電車，以膝蓋為案，用公司校樣背面寫，電車一圈圈環行，便寫出《月山》，題材是他曾住過大半年的注連寺。

寺在山形縣山裡，冬季大雪封山，頓頓吃蘿蔔醬湯，和尚慈悲道：前天切塊，昨天切絲，今天切成扇子形，不一樣的喲，但森敦的體味是蘿蔔怎麼切也是蘿蔔。傳說注連寺是弘法大師八三三年開山建立的，因明治年間崇奉神道而衰敗，這篇小說竟使之復興，功德無量，境內建有月山文學碑和森敦文庫。二〇〇九年《米其林指南》評它兩顆星，適值森敦去世二十周年。

老婆婆軍團戰熊羆

姨捨山賞月，自古有名，芭蕉也趕在八月裡（陰曆）走去看，寫下了〈更科紀行〉。

山容映面影
子然啜泣老婆婆
相伴月一輪

芭蕉被譽為俳聖，也真有我們詩聖的情懷，不單吟蛤蟆跳池水，賞月之際還想到棄老傳說，潸然淚下，對月成三人（月、芭蕉、老婆婆）。姨捨山，在今長野縣，與高知縣的桂濱、滋賀縣的石山寺是賞月的三大勝地。姨捨，也寫作祖母捨，窮鄉荒村為減少一張嘴吃飯，把年過六十的老婆婆丟進深山，任其自生自滅。這種棄老的習俗其他地方也多有傳說。日本民俗學開山之作《遠野物語》記載岩手縣遠野（據說「遠野」是阿伊努語，湖沼之意）一帶，各村都有個地方用來丟老婆婆，叫デンデラ野，寫作漢字是「蓮台」。可能這意思就是把老婆婆送到蓮華台座，往生極樂淨土；人們幹壞事總要有藉口，欺人並自慰。

活下去是人的本能，活得好是本能之願望，被丟棄的老婆婆或許也不是坐以待斃。萬一能苟延殘喘，那會是怎樣的景象呢？慘不忍想，卻還是忍不住讀了《デンデラ》，且譯作《蓮台》，佐藤友哉著，二〇〇九年六月出版，正是寫一群沒死掉的老婆婆。卷頭開列了登場人物，有名有姓有年齡，計五十人。

主人公齋藤年屆七十，被兒子揹到山上；十年前遭遇大饑荒，她就曾要求「朝山」，未能如願。不再有苦難的極樂淨土覆蓋著白雪，當齋藤從凍餒中醒來，周圍竟然有四十九個老婆婆。最老的是頭領，一百歲，三十年前上山，不死，建立了這個共和國。脫離了強者，往往弱者也就有自己的主張，甚而自以為是強者，她們要否定丟棄她們的體制，襲擊村落。齋藤反對，認為只會是自取滅亡。人有主張就分派，主戰的，主和的，但災難讓爭執閉上嘴，一隻帶崽子的羆襲來。此地本來是牠祖祖輩輩生息的領地，卻被「兩條腿」侵犯了行動自由。齋藤上山第四天，率先響應頭領的號召，參加敢死隊，去殺死這個干擾共和國存在的畜生。一場人類最原始的戰鬥開始了，然而，老婆婆軍團最年少也高邁六十二歲，血肉橫飛就只是往下讀的問題了。絕地求生，齋藤想出了最後的策略：把羆引到村落，或者村人殺掉牠，或者牠殺掉村人。被羆追殺的齋藤倒在福壽草（側金盞花）發芽的野地，朦朧看見了村落。

兩眼追逐文字，腦海裡浮現老婆婆的形象，竟然有鼻子有眼，原來是以前看過的電影《楢山節考》。原作是深澤七郎的小說，據姨捨山傳說創作的，發表於一九五六年。佐藤友哉生於一九八〇年，《蓮台》像是個寓言，有一點大江健三郎式，他要寓些什麼意思呢？

臨終之眼看夢二

讀川端康成的〈臨終之眼〉，讀得興起，驅車去伊香保泡湯。泡得雙眼發紅，仍然很現世，只好用發紅之眼參觀竹久夢二紀念館。大正時代夾在明治與昭和之間，雖不足十五年，卻勃興一陣子民主主義、自由主義，被稱作「大正浪漫」；不過，那時候芥川龍之介西遊，對胡適羨羨慕過中國社會之民主。浪去無痕，如今世上能認得那一段浪漫的，大概只剩有夢二仕女圖。

這篇隨筆為悼念亡友而作。川端說：「我非常不喜歡〈臨終之眼〉

和短篇〈禽獸〉。大概總被拿來當批評的線索也是嫌惡的一因。我不覺得〈臨終之眼〉多談了自己，與穿鑿、揣度小說的模特兒或事實一樣討厭。得意的假裝知識多、瞎猜的自以為知道，與文學有關的人當中也意外多，真令我驚詫。」他寫得恣意汪洋，卻是拿夢二來開頭結尾，寫法應屬於小學作文課講授的前後照應。那麼，川端對夢二的看法究竟怎麼樣呢？

亡友叫古賀春江，是西洋畫畫家，三十八歲就死了。又想到另一位朋友，小說家梶井基次郎，三十一歲夭亡。還有芥川龍之介，三十五歲自殺。遠一點的正岡子規也死於三十五歲。而竹久夢二呢，三年前川端在伊香保溫泉邂逅，「已經有很多白髮，肉也好像鬆懈，頹敗早衰」，卻悠然過四十。其實，夢二未必那麼衰，但他一向為少女畫甜美的畫，以致川端無法接受頹然老矣的樣子。《徒然草》有云：四十以內死了最為得體，過了這個年紀便將忘記自己的老醜。夢二不自知其醜，「和女學生結伴去高原採摘花草什麼的，樂顛顛遊玩」呢。種種對照，好似生出一股無明火，川端對夢二藝術的看法莫衷一是，很有點二分法的意思。他說：

「完全照女人的身體描繪自己的畫，這是藝術的勝利罷，卻也讓人覺得像某種失敗。」

「夢二的甜美可以說毀滅了夢二，又拯救著夢二。」

「為了那種個性鮮明的畫，『所得多，所失也多』。」

「本來夢二可說是頹敗的畫家，那種頹敗早衰了身心的模樣令人不忍目睹。頹敗好像是通神的反路，其實反倒是近路。」

「若把夢二年輕時的畫比作『漂泊的少女』，那麼，如今他的畫也許是『沒有棲身之處的老人』。」

「看見這個年輕的老人、這個幸福而不幸的畫家，我彷彿高興，彷彿有點悲哀，夢二的畫即便有幾許真價值，也是不由自主被藝術的情趣所打動。夢二的畫影響世上的力量不得了，而折磨畫家自身也非同尋常。」

「大概作為藝術家是無法補救的不幸，但作為人或許是幸福罷。」話都是兩頭堵，教人摸不著頭腦，但若說到底，川端還是喜愛夢二的，證據是他後來寫起了少女小說。譬如他寫道：「削瘦，膚色淺黑，但頭髮濃密，眼睛大大的」，不正是夢二式美人嗎？

無駄話

改造梁山

日本人善於改造。

譬如二〇〇五年搖滾女王瑪丹娜時隔十二年重訪日本，說及那種能沖洗屁股的熱馬桶，懷念依依，其實這玩藝兒本來是美國作為醫療設備發明的。日本TOTO（東陶）公司於一九六四年輸入銷售，並加以改造；一位設計者演講，當年為沖洗女性曾大傷腦筋，請女職工反覆實驗，燙了屁股或濕了褲頭，怨聲嗷嗷。一九八〇年上市，而今已普及為日常生活用品，令歐美遊客羨煞。

對於日本的這個本事，我們中國人早就有深刻認識，如清末黃遵憲說：「日本最善仿造，形似而用便，藝精而價廉。西人論商務者咸妒其能，畏其攘奪也。」近人郁達夫說：「日本的文化雖則缺乏獨創性，但她的模仿卻是富有創造的意義的……根底雖則不深，可枝葉張得極茂，發明發見等創舉雖則絕無，而進步卻來得很快。」

而日本人自己，例如文豪夏目漱石，說：「西洋人讚賞日本，一半是由於模仿他們，師事他們。輕蔑中國人則是由於不尊敬他們。」當代哲學家梅原猛說：「日本人如何引進外來文化，如何改造它，如何產生出獨自的東西，在這外來文化的引進方法和引進它產生出自己的東西的創造方法之中就可以看見日本文化的特性。」

改造之中也含有創造。我們向來看重第一個吃螃蟹的，做事多篳路藍縷之功，卻往往少了點「同志仍須努力」，不再加完善，功虧一簣的事情頗不少。日本人拿來現成的，施加改造，有時也就是使之完成，所以他們的哲學尤注重「有終之美」。對於人家的東西畢竟少了些敬畏，而且日本人更注重實用，即便很高檔的東西拿來也肆意庸俗化，用到生活裡，乃至讓本家尷尬，也不免瞧他不起。

日本人對中國文化的最大改造是漢字詞語，誠如阿城所言：「如果我們將引進的所有漢字形日文詞剔除乾淨，一個現代的中國讀書人幾乎就不能寫文章或說話了。」這些詞彙使中國有昨日與今日之別，但我們是漢字的本家，有如把別人拿去甚或偷去、奪去的東西拿回來，理直氣壯，更不會表示感謝。

日本人的改造才能從文學上也能夠證明。他們把中國的古典文學改頭換面，創作出自己的作品，樂此不疲，大概在世界上堪稱一絕。芥川龍之介、中島敦、太宰治的「故事新編」之類不必說，最著名的，應該是吉川英治的《三國志》，而最近的例子可以舉北方謙三的《水滸傳》。

為什麼改造呢？應該是有所不滿，雖然不滿往往來自文化的差異。北方謙三說，他當了小說家以後重讀《水滸傳》感到不滿意的地方有很多，時制不統一啦，向國家權力投降啦，所以他放手改造，先就是不接受招安，一直戰鬥到宋朝滅亡。還有梁山泊的糧道問題，不解決資金來源怎麼能大碗喝酒大塊吃肉呢？他知道中國歷史上有鹽鐵論，但是鐵太重，不好搬來搬去，那就讓好漢們販賣私鹽，路邊開店不賣人肉包子，而是轉運站，把鹽販到遼國去。

所謂改造，無非日本化和現代化。北方謙三改造「水滸」的時候，女作家平岩弓枝改造「西遊」，她覺得《西遊記》日本人讀來很有點彆扭，比如說直到最後唐僧還是把孫悟空當壞猴子，那麼好的猴子到了如來佛那裡也是壞猴子，實在太可憐，所以她要用日本人的感覺來寫，寫出人情味，反正原作者也不能來抱怨。北方謙三更現代，他認為梁山泊如同加勒比海上的古巴，大宋就是美國佬，晁蓋相當於切．格瓦拉，宋江則卡斯楚，心想著一九五九年發生的古巴革命，筆走龍蛇，彷彿再現他青春的火熱年代。

北方謙三生於一九四七年。讀大學時參加六〇年代末的學生運動，率領過二十來人。也挨過警棍，但不知是警棍軟還是警員手軟，他說沒打疼。人過中年，時常莫名其妙地來氣，在現實中當然不能像年輕時那樣發洩，但作為小說家，就可以拿小說來出氣。

自知未必能真正理解中國人的心情或思想，他只是藉中國歷史的舞臺描寫日本人。不僅革面，而且洗心，洗出一顆日本心。日本化的一大特色是增加愛以及性的描寫，比如林沖拿老婆宣洩鬱悶。扈三娘愛戀晁蓋，而晁蓋被暗殺後自暴自棄，隨便嫁給了好色的王英。更慘的是武松，被改造成從小暗戀潘金蓮，受不了她嫁給武大郎，便上了梁山，後來竟強姦潘金蓮，致使她自殺，不消說，這模樣的潘金蓮徹頭徹尾是現代日本人女性。北方謙三自詡這麼一改造，人物就更有深度，昇華了原典，但一位書店老闆娘恭維之餘，明言不會讓她剛上中學的兒子讀如此脫胎換骨的《水滸傳》。

傳聞北方謙三走筆如飛，有「月刊」之稱，被他「翻案」的《水滸傳》長達十九卷，洋洋灑灑。可是在我們看來，往白酒（譬如金門高粱或者北京二鍋頭）裡攙水不能算改造，而且是奸商所為，但日本人自有日本人的喝法，《水滸傳》還得了司馬遼太郎賞。

燃一根火柴

天青日朗，到龜戶天神社看梅花。浮世繪師歌川廣重畫江戶百景，其一為「龜戶梅屋鋪」，曾被後印象派梵谷用油畫臨摹，令日本人大為驕傲。梅屋鋪是一家和服商的別墅，早已蕩然無存，如今龜戶那裡當作賞梅勝地的是這天神社境內。

看罷紅梅白梅，瞥見角落有一塊「清水誠顯彰碑」，湊上前辨認，原來是日本火柴的元祖。

小時候我家把火柴叫洋火，後來滅資興無，凡事不許帶洋字，改口叫火柴。似乎唯洋氣一詞不曾被反掉，以洋氣為美，於今尤烈。上世紀八〇年代初，一些燧人氏後代得風氣之先，從日本帶回來火柴，精緻而好用，足以當禮物。再過些年我也東渡，才知道酒館旅店大都備有自家火柴，用來做廣告。順手牽羊，年復一年竟積攢了許多。

往事越百年，王韜東遊，曾參觀火柴廠，在《扶桑遊記》中寫道：「或謂之火寸製廠，蓋即自來火，粵人呼為火柴。其所製實為一大利藪，於日本國中推巨擘。屋宇廣深，工作八百餘人，婦女居多。截木作條，車凡十架。熬煮硫黃爐灶悉用西法。暫入一處，已覺不可向邇。製匣裝儲，悉以女工。運售於香港、上海，年中不知凡幾。去歲曾罹回祿，焚毀二廠，今尚為荒土。勸業博覽會特稟於官，畀以鳳紋賞牌。主人清水誠曾赴法國博覽會，往遊瑞士，購新法器具而歸，故事半功倍也。」

他記述的正是這位碑主。

一八七八年七月清水誠受大藏卿大隈重信之託，赴歐考察糖業，並參觀瑞典火柴廠。那時候安全火柴剛發明不久，極為保密，他煞費了不少心機才得以進廠走馬觀花。王韜記為瑞士，不確，但也許是手民之誤。清水誠於翌年四月回國，而王韜五月到日本，二人前後腳。清水誠是一八七五年開始造火柴的，興辦新燧社，產品在日本第一屆勸業博覽會（1877）上獲得鳳紋賞牌。一八七八年九月首次賣到上海，是為日本火柴出口之始。有一個清朝商人叫廣駿源的，身世不詳，也曾在神戶建廠生產火柴。一八八八年清水誠取得書式火柴的專利，而我是百年之後才見識這種火柴。火柴廠一哄而起，競相輸出，以致粗製濫造，甚至擦不燃，在這種混亂中新燧社倒閉。還記得上世紀六〇、七〇年代，寧長社會主義的草，不要資本主義的苗，火柴也按戶配給，那火柴常常擦不燃，看著替吸菸人著急。後來看到好萊塢電影，只見牛仔把火柴往馬靴上一擦，噗地就著了，覺得很好玩。清水誠死去的一八九九年，日本火柴占據中國市場近八成。二十世紀初，日本與瑞典、美國並稱三大火柴生產國。

日本把火柴叫「碼個齊」，來自英語，用漢字寫作「磷寸」。一八九三年有家股票商在宴會上散發火柴，據說這就是廣告火柴的濫觴。如今火柴的基本功能被打火機之類的發火器取代，幾乎只剩下廣告之用。製造廣告火柴是日本的擅場，有世界上最多的品種。五月十二日為火柴日，源自一八六九年這一天清水誠從橫濱乘船去歐洲留學。

擦燃一根火柴，不耀眼，不烤人，火焰真是美，賣火柴的小女孩便生出幻覺。野坂昭如很有點黑色幽默，套用安徒生童話的題目寫了個短篇小說，不過，譯作「賣火柴的女人」更確切，因為女主人公阿安已經二十四歲，而且看上去像五十歲。童話小女孩失去了母親，在火柴的光焰中看見祖母，而阿安追戀父親，乃至不覺得自己在賣淫。她染上梅毒，變得醜陋而污穢，活命的法子是一個銅板擦燃一根火柴，給醉鬼流浪漢看私處。寒夜，在癲狂中擦燃火柴，燒著衣物，她像一根火柴桿，整個燃燒了。

石川啄木有一首和歌，吟詠了擦燃火柴，在二尺寬的光亮中掠過白蛾。更有名的是寺山修司的那首，收在一九五八年出版的和歌集裡，大意是擦燃火柴，片刻之間，海上霧茫茫，有值得捨身的祖國嗎？

王韜遊玩三個月，給藝妓寫了不少詩，卻不詠雜事。百餘年過去，我來代作一首，云：

一頭燃盡不阿身，亮似明眸暖似唇。
燎到指尖難禦冷，照了眼下更迷津。
縱歌當縱千杯酒，偷火先偷一寸磷。
萬里歸帆何所事，煙燈嫋嫋話東鄰。

巧取書名

書名沒有著作權，也不能登錄為商標，似乎表示書畢竟有別於一般商品。所以，村上春樹可以隨意套用人家的書名，譬如《1Q84》出自英國作家喬治．歐威爾（George Orwell）的《1984》，隨筆《關於跑步，我說的其實是……》則源於美國作家瑞蒙．卡佛（Raymond Carver）的《當我們討論愛情》（*What we talk about when we talk about love*）。

這其實是一種取巧，但村上春樹名氣大，也就沒人去說他，與許附他驥尾，原著才廣為人知。戰後日本整個是模仿乃至剽竊美國，文學也不例外。村上春樹借鑑外國小說恐怕也有點過分，乃至被人拿去為剽竊辯解或炒作。

為書取名，作者有時倒不大用心，傷透腦筋的是編輯，因為賣點首先在書名。一旦有書暢銷，不僅內容，連書名也會被競起效顰。你賺了《國家的品格》，我就賣《女人的品格》；出「力」賣錢，就什麼都「給力」——「抑鬱力」、「鈍感力」、「煩惱力」。日本文藝家協會婉言相勸：「文藝作品的題名是作者的苦心所產，獨創性高的也很多。應尊重作者這番苦心與獨創性，但也要確保取名的表現自由。現成作品的題名獨創性高，其作品已有定評，搭人家名聲的便車或冒用，將傷及作者的感情，以避免題名雷同為好。」不過，村上春樹高就高在勝於藍，變9為Q，其鳴啾啾，便具有村上特色。

日諺有云，「借別人的兜襠布比相撲」，這也是水村美苗的擅場，且另有巧妙。水村第一本小說叫《續明暗》，模仿夏目漱石的文體，續寫他未竟之作《明暗》。又創作《私小說》、《本格小說》，後者用挪移大法，把英國作家艾蜜莉·勃朗特（Emily Brontë）的《咆哮山莊》寫成日本故事。二〇一〇年伊始，在《讀賣新聞》上連載小說，名為《新聞小說》。水村所用的這些題名全都是日本文學樣式的固有名稱。

單說「新聞小說」。日語裡「新聞」是報紙，《讀賣新聞》應譯作《讀賣日報》，據說發行量世界第一。「新聞小說」那就是報紙連載小說，凡報紙必有帶插圖的連載小說，據說這也是日本傳統。《讀賣新聞》百餘年前連載尾崎紅葉的小說《金色夜叉》，為水村祖母輩所愛讀，她的《新聞小說》即由此落筆。寫百年三代人，她們分別照報紙連載小說、電影、電視劇描畫自己的人生。

水村美苗自稱「用日語寫現代日本文學的小說家」。十二歲移居美國，讀完法國文學博士課程，也曾在美國大學講授日本近代文學。跟村上春樹一樣，不嘗試「雙語寫作」。她說，日本文學的好壞不能聽歐美人雌黃，這話卻像是暗諷村上。只出了三部小說，可怪的是出了就獲獎，但我唯讀過她的隨筆，也獲了獎的，叫《日語消亡時》。其實，這個書名也是有出處的，見夏目漱石的《三四郎》：

「可今後日本也將一步步發展罷。」辯護道。

那個人就板起面孔，說：「消亡喲。」

剽竊之謎

立松和平於二〇一〇年二月八日病故。

日本人長壽，他享壽卻僅只六十有二。一九八〇年以《遠雷》成名，小說而外也涉筆紀行、繪本、戲劇、隨筆、俳句，作品之多，在純文學作家中是個異數。三十卷小說全集剛剛印行第一卷……哀哉，尚饗。

藝人寫書，作家演藝，乃當今時代的特色。立松也活躍在電視上，或稱之為文化人，或稱之為半藝人。悼念之餘，記起他攪動社會的一件事：一九九三年在雜誌上連載小說《光雨》，被揭發剽竊了聯合赤軍事件死囚的自傳，認錯謝罪。據說他總是笑瞇瞇，為人像一尊菩薩，剽竊卻一而再，二〇〇八年又發生在小說《二荒》中，起因是以為人家的作品寫的是史實，超出了參考限度，以絕版息事。

說到剽竊，有一位叫栗原裕一郎的，二〇〇八年七月出版了一本書，厚厚五百頁，彙集了不絕如縷的剽竊事件，書名可譯作《日本文學剽竊史》，副題是「市場・媒體・著作權」。所謂剽竊，應該是有了著作權這回事以後才成其為問題的，序章雖述及明治初年作家假名垣魯文，但全書縷述的主要是一九六〇年代以來發生的事件，大大小小。例如，某男獲得文學獎，不僅作品整個是拿來別人的，連獲獎感言也鸚鵡學舌，讀來真教人忍俊不禁。更妙的是此書榮獲推理作家協會賞（評論類）。據作者自道，只梳理事件之概要，就事論事，但對於剽竊的動機及背景也有所探究，誠然有推理之趣。

山崎豐子自一九七三年八月在週刊上連載小說《不毛地帶》，十月《朝日新聞》便報導「山崎豐子又剽竊」，說她一九六八年因小說《花宴》抄襲，退出日本文藝家協會，但一年半之後奇蹟般復活，這回又盜用或酷似一個西伯利亞虜囚的記述。栗原裕一郎分析，小說描寫日本兵被拘押在西伯利亞做苦力，發生了廢除舊軍隊森嚴等級的民主運動，引起當時社會上左右兩翼的關注，以致媒體炒作這起剽竊疑案。但我想，《朝日新聞》否定這個小說家，莫不是因為她的主人公寧死不踏天皇的菊花標誌？山崎把《朝日新聞》告上法庭，媒體當然不會為無名作者的著作權將訴訟進行到底，雙方和解。借力於改編影視劇，近年來山崎豐子的舊作再度暢銷；時隔十年，二〇〇九年她出版新作《命運之人》，寫的是發生於一九七〇年代初的西山事件，批判有第四權力之稱的媒體，大概也意在報一箭或數箭之仇。

引用與剽竊的界線是模糊的，況且藝術也允許模仿。山崎豐子是社會派作家，經常在前言後記中表明：基於事實，用小說手法加以結構。事實往往比小說更有趣，甚至讓作家喪失掉創作能力。取材於社會，虛實之間，或許真不好拿捏。

暢銷之罪

我不會唱歌，也不愛唱歌，連〈東方紅〉都唱走調，當年對不起毛主席他老人家，現今不知道一個人孑然在卡拉OK單間裡我為歌狂是什麼感覺，不明白同唱一首歌興奮在哪裡。但若說讀書，倒有點我為書狂的意思，卻不大讀暢銷書，起碼是偷懶，既然周圍的人都在看，都在講，聽來聽去也就恍若讀過了，何不省下錢買酒喝。日本以一年裡有沒有銷行百萬冊的圖書，有幾種，衡量出版業興衰，我覺得搞笑。譬如二〇〇九年出版業績跌回二十年前的水準，可也有一本村上春樹的小說

《1Q84》，推理+奇幻，風吼般大賣，乃至獲得出版文化獎，評論出版就有話可說了。然而，這只是一個小說家獨秀，一家出版社獨贏，至於其他三、四千家，出書賣不掉，怎一個愁字了得。出版的正道是多品種、少數量，百花齊放，也就是文化的正道。同讀一本書，把芸芸眾生讀傻也說不定。

走筆寫下「偷懶」二字時想到大江健三郎，二〇〇九年底他出版了小說《水死》，那位主人公當作家五十年，「奮勵努力，沒工夫怠惰。」大江是一九九四年獲得諾貝爾文學獎的，還記得當時江藤淳擔任日本文藝家協會的會長，一大早被堵在門口，答記者問，說自己多年不讀大江了，無話可說。這下讓全體日本人鬆了一口氣，不然，沒讀過大江，豈不是有眼不識泰山。其實，知道大江，表明你有知識；不讀大江，或許表明你有常識。大江是現代文學的方向，宏大難解的神話和瑣碎難纏的私事攪和在一起，村上春樹也相似乃爾，他們被稱作純文學。

評論家江藤淳起初是大江健三郎的戰友，後來分道揚鑣。他自殺多年了，曾明言：保衛文學（純文學），最好的方法是不出暢銷書，文學書出一萬冊就夠了。這一點，和大江所見略同，據一位評論家轉述，大江也說過：純文學的讀者哪個國家也只有三千來人，而且有這麼多就可以認為那個國家的文化是健全的。

與純文學相對的是大眾文學，但「大眾」不再風潮，現在流行叫「娛樂」（entertainment）了。純文學作家單憑一支筆不易為生，幾乎唯有村上春樹，銷量不僅壓過娛樂文學家，還可以跟漫畫家一爭高下。日前尾田榮一郎預告二〇一〇年三月把漫畫週刊上連載的《One Piece

航海王》結集第五十七卷，首印三百萬冊，創出版史紀錄，那時節村上也正要出版《1Q84》Book 3。小說的書價比漫畫貴得多，《1Q84》半年裡兩卷傾銷二百多萬冊，估算一下，版稅至少進帳四億日元，而韓國購買翻譯權出價一億四千萬日元，還有其他語版也要與有「發」焉，真令人眼紅。三島由紀夫終於沒得到諾貝爾文學獎，他預言「下一個是大江」，但這麼賣錢的村上文學，恐怕大江健三郎是不會舉薦的。

出版人希望出暢銷書，用角川書店前老闆角川春樹的話來說，書暢銷，文化就跟來。照他的意思，文化就像跟屁蟲。這位老闆手下有一員幹將，叫見城徹，角川春樹與弟弟明爭暗鬥，毒品事發而鋃鐺入獄，見城便掛冠走人，創辦幻冬舍，在出版被說成大崩潰的歲月大獲成功。得意之餘，把多年來的講話、對談、雜文湊成兩本書，大同小異，介紹出暢銷書的祕訣，無非抓商機，用機心，變出書、賣書為炒作，為角川春樹開創的角川商法又做出「野性的證明」。

森村誠一有一本推理小說叫《野性的證明》，和他的前一本推理小說《人性的證明》一樣是角川商法的成功戰例，即出版圖書與改編電影並舉，相得益彰。角川春樹蹲大牢，一些作家從角川書店撤走版權，例如曾野綾子，她說：角川商法徹底砍掉沒銷路的作品，早已不再是培育文學的土壤。被角川商法帶壞，整個出版業徹底商業化。《1Q84》暢銷固然是文學的勝利，但角川商法式的大肆宣傳也功不可沒。花那麼大的本錢來宣傳，一本無聊的書也可能暢銷，因為書是消費了之後才悔之晚矣的商品。

有一位社會評論家叫大宅壯一，認為出版這個行當是極其特別的，出版社分作兩類，一類像打魚，一類像種地。打魚要及早發現魚群，撒下大網，但具有投機性，趕上天不好，網網打不到魚，就只有破產。這就是出暢銷書，發橫財暴富。種地則踏踏實實，勤勤懇懇，一鋤一鐩地耕耘，當然也靠天吃飯（天就是讀者），有好年頭，也有壞年頭，但一年又一年，基本有收成。種地型出版社的典型，他舉出岩波書店。

日本最大出版社講談社有民間教育部、文化部之稱，是大眾出版的龍頭。思想史學者丸山真男曾比較岩波書店和講談社，說岩波書店所形成的岩波文化是西歐型知識分子支撐的，而講談社文化由「次・亞知識分子」支撐，兩相比較，當年日本法西斯主義勃興是因為講談社文化戰勝了岩波文化。

有人說，書之所以暢銷，是因為平常不讀書的人也跟風購讀，讀就好——出版有理，暢銷無罪。讀就好，這說法不免有武俠小說裡的江湖氣，現實裡跟風而成狂風，橫掃一切，我們見識或領教的還少嗎？

快讀快便

如廁讀書似乎是古人推崇的讀書方法之一，但當今醫生說，這習慣不好，慢嚼快便才養生。二〇一〇年病故的森毅寫過一本書，叫《快吃快讀快便》，他是京都大學的數學教授，平生只寫過兩篇論文，但通達文史哲，廣為世人知道的著作是《數學應試方法指南》以及批評社會的隨筆。

快，快速也；常說讀書是樂趣，但現今社會人，讀書未必是享樂或消閒，往往是為了需要而不得不讀，這就需要快讀，需要有迅速找到對自己有用的部分的能力。上世紀八〇年代初日本出現速讀熱，一個姓金的人提倡「照相記憶」，瞥一眼就能像拍照一樣印在腦子裡，但實際上無人能掌握這樣的能力。快讀的訣竅無非一目十行，一旦有抓住眼球的地方才認真讀。固然有閱讀技術的問題，但首先是打破傳統的讀書觀念，不要一字字讀，一行行讀。快讀就快在越過自己不必讀的部分。其實，一本書大部分是填充料，不要在填充料裡尋尋覓覓。畫龍點睛，睛最為重要，可是獨眼也好，雙眸顧盼也好，都需要長在龍身上，不給人以龍的形象，睛就沒了著落，閱讀則不妨略過全龍，直接摘眼睛。

讀書有生產性的，也有消費性的。啊，讀了真有趣，這是消費；查尋資料，獲取知識，就能再生產。書評家固不待言，一般作家讀書也都是生產性的。司馬遼太郎是歷史小說家，讀書快，在家裡和朋友說話，那朋友喝完一杯咖啡，他一邊說一邊讀完一本書。小說家、劇作家井上廈把七萬冊藏書捐贈給故鄉開設圖書館，據說每本書上都有他讀過的痕跡。

人類從農業社會、工業社會進步到知識社會，宇宙洪「書」，聽說中國某省出版集團年度出書兩萬種，而整個日本出書七萬八千五百五十五種就大有洪水氾濫之勢，松岡正剛認為其中頂多有三成是好書。當然這也是想當然耳，因為他不可能把所有的書翻閱一下做判斷。有一個讀書更快的，叫中島孝志，年間讀書三千冊，近來很有點走紅，然而他這種讀書似乎不過是招牌，為他的經營諮詢業招攬顧客，最近辦起了「松下幸之助經營讀書會」就是個證明。松岡正剛自稱編輯工程學家，開辦編輯工程學研究所，他真是「活字中毒」，二〇〇〇年以來每夜讀一本書，並在博客（部落格）上寫讀後感（夠不上書評），截止二〇〇六年，計一千一百四十四夜，結集七大本《千夜千冊》出版，至今仍繼續寫讀書博客。他還出過一本《多讀術》介紹讀書經驗。讀書不是從「無知」到「有知」，而是從「無知」到「未知」，所以不斷讀下去。

松岡正剛在東京站近旁的丸善書店裡開闢了一間「松丸本（書）鋪」，據說顧客平均逗留時間長達兩三個小時。這個空間按專業讀書家、書評家的想法布局，我卻不喜歡，因為我不要按照他的路子購讀，況且不是搞研究，不要寫論文，一般人讀書無須拘於某個主題或範圍。

書評家井家上隆幸出身編輯行，一年讀書六百本，把三年間撰寫的一千四百三十八篇書評結集為《量書狂讀》。快讀，還要快寫，但是有地方發表，攢多了能結集出版，那就是新聞出版的發達了。什麼事情都是有人從眾，有人特立獨行，另一位書評家山村修就提倡慢讀。他認為，書評是推書，不能藉以主張自己。

超短篇的長處

超短篇小說，各家有各家的叫法，譬如川端康成把它叫「掌小說」，而吉行淳之介叫「掌篇小說」，島尾敏雄叫「葉小說」，車谷長吉叫「奇（畸）篇小說」。叫法各異，都是要突出其特點：短。至於到底短到什麼程度，那就像長篇小說到底該多長一樣，無一定之規。畢竟它混在短篇小說之中，似乎稱之為超短篇為好，其實這也是日本的叫法。以前還用過法語conte，現今更多見英語short short (story)，聽來像「小道小道」。

村上春樹出版過《村上朝日堂》超短篇小說，但他不願用這個稱呼，說：「『小道小道』這個詞帶有某種特別的味道，所以我個人把這類短的虛構叫『一蹴而就』，因為是剎那間技藝，真所謂一發決勝負。」

村上用了一個擬態詞，或許有調侃之意，譯作「一蹴而就」似未免正經有餘。他認為自己天生是長篇小說家，屬於長跑型，適合花長時間吭哧吭哧寫，而爆發般寫超短篇，可以給他通通風，換一換心情。說：「我本來很喜歡寫這類短東西。只一個靈感就刷刷寫。靈感，或一個印象，或一句話，只要浮現這類東西，然後就不費多大工夫，手不停揮，一氣呵成。簡直自己都覺得不安，『這麼輕鬆能行嗎』。」

這態度有點浮，不如川端康成來得嚴肅。川端認為現代生活使人的感覺心理越來越尖銳、纖細、不完整，超短篇小說就成為這些的火花。它是短篇小說的精髓、頂點，在小說中最藝術、最純粹。形式短，不能連內容也短，感染力弱不能用短來辯解。十七音的俳句比千言萬語的風景描寫更有力，這是誰都知道的。

川端寫了百餘篇超短篇小說，三島由紀夫評論：「一卷掌小說使詳述他的整個文學變得容易，他的思想、文學、方法、他喜好用的主題大抵要約於此。」

《廣辭苑》上解釋「掌篇小說」是評論家千葉龜雄命名的，此人因命名新感覺派而聞名。但川端說，掌篇小說這個讓不大讀小說的人以為寫手相的名稱是中河與一給起的，意思是「寫在掌上的小說」。

中河和川端同屬於新感覺派，他的次女叫卿子，初戀星新一，那時星新一寫了第一篇超短篇小說。最相葉月為星新一立傳，說上世紀七〇年代她是中學生，大家搶著讀星新一作品，但「不可思議的是，圖書館裡所有星新一的書讀完了，就一下子失去興趣，離開星新一」。或許這正是超短篇小說的宿命。星新一總共創作了一千零一篇，筒井康隆為他致悼詞，滿腔悲憤：「對這樣的作品群，文壇以其缺乏文學性不予評價，也不收入文學全集，就好像伊索、安徒生或格林得不到諾貝爾文學獎一般」。

村上二〇一一年一月底出版《雜文集》，收入一些未發表的超短篇小說。

日本八〇後作家

朋友問：你了解日本八〇後作家嗎？

答：不了解，因為他們只屬於文學，並不對社會發言，倘若不關注文學，也就不留意他們。

又問：西尾維新、金原瞳等年輕人的作品在日本是不是很流行啊？

答：好像很流行，不過，金原和西尾應該是兩碼事，前者屬於文壇，後者屬於年輕人圈子，是當作動漫看，不是當文學讀。井水不犯河水，好像日本不大有人出來管得太寬，或者撈過界。

日本有一個芥川賞，是擢拔文學新秀的，得了就如同鯉魚跳過了龍門。此獎由菊池寬一九三五年設立，同時還設了直木賞；兩獎有分工，前者獎勵純文學，後者獎勵大眾文學。以藝術表現為重、作家特別把自己當回事的文學是純文學，而目的在娛人，或叫做提升歡樂指數的文學是大眾文學，但大眾過時，現在一般稱之為娛樂文學。菊池是小說家，為了自己想寫什麼就寫什麼，一九二三年創刊《文藝春秋》，大發其財。他有一篇隨筆〈寫給想當小說家的青年〉，說首先想提出「未滿二十五歲的人不應該寫小說」這條規則，因為寫小說，文章啦技巧啦，比起這些來，需要某種程度上懂得生活和某種程度上具有對人生的看法，也就是人生觀。但芥川賞評選早忘掉祖訓，一九五六年獎賞二十三歲的石原慎太郎，而二〇〇三年金原瞳獲獎，才二十出頭，生於一九八三年。同時獲獎的綿矢莉莎更小點，差一個月滿二十，生於一九八四年。獲得芥川賞，便進入文學體制內，有可能或多或少留名文學史。

菊池寬主張寫小說不是伏案動筆，而是在日常生活中看自己，先構築自己的人生觀。但今非昔比，年輕人不必滿二十五歲就有了對人生的態度，並要向大人們表達乃至張揚。菊池本人二十八歲開始寫小說，而村上春樹常說他二十九歲動筆，起步太晚了。聽說中國老作家批評八〇後作品沒有昨天，村上總是寫昨天，而金原們寫的是自己的今天，所以芥川賞評委村上龍評說：她們若不寫，我們哪裡能知道這一代人是怎麼回事呢。寫昨天是回顧，反思，往往就帶有教訓，寫今天則充滿生機，可能否定了昨天，也可能預警明天。

倘若在中國，金原和綿矢就是備受矚目的八〇後。西尾維新生於一九八一年，大學讀了一半，也屬於八〇後。他的作品被稱作「輕小說」，可譯作青春文學罷，這是一九七〇年代出版社打造出來的一個品種。從人類文化來說，日本文化屬於亞文化，他們也善於創造亞文化，譬如漫畫。輕小說是動漫的近親，在大眾文化的層面上與動漫、電玩以及電影等聯為一體。吉本芭娜娜那一代的小說有漫畫元素，而輕小說就像用文字畫漫畫，或說是動漫的文學腳本。封面和插圖都是漫畫家畫的，讀者基本是中學男生，他們跟作者同樣在漫畫、動畫中泡大，彼此能認同互動。

日本本來有分派歸類的傳統，一九四五年以後的文學按時間順序有第一次戰後派、第二次戰後派、第三新人。政治季節在一九六九年宣告結束，自此學問大眾化、亞文化化，八〇年代中期在知識青年中出現了一股純文學已玩完、寫小說已過時的風潮。文學喪失了特權地位，同時多樣化，作家已難以在共同的思想或文學觀之下集結。雖然把一九七〇年前後出道的一些作家稱作內向一代，但實際上他們並沒有多少共同性，這個命名猶如傳統式評論的喪鐘。人們不再像過去那樣把文學只當作文學，而是作為一個時代的話語結構，從社會的、歷史的角度來審視。七〇年代後半出道的中上健次、宮本輝、村上春樹各立山頭，文學完全變成了人自為戰，少有群體特徵。某個作家或作品出現，立刻被當作社會現象來考察。問題不在於作品的內容及思想，而要從外部把握文學總體。

也有人把一九六〇年前後出生叫御宅第一代，七〇後叫做御宅第二代。所謂御宅，是中森明夫一九八三年命名的，本來指沉溺於動畫、偶像等社會認知度低的趣味的無聊男人，當初是一種蔑稱。一九八〇年出生的佐藤友哉屬於御宅第三代，他們正趕上泡沫經濟崩潰後最不景氣，高中畢業後很難找工作。二〇〇一年寫輕小說出道，但是不賣錢，轉向純文學，獲得三島賞，此獎志在抗衡芥川賞。佐藤無視以往的文學傳統，腳踩兩隻船，現在也寫輕小說。

八〇前作家乙一（1978-）二〇〇三年末出版輕小說集，後記有云：輕小說在出版界處於極特殊的位置。其證據，打交道的編輯中幾乎沒人讀輕小說，儘管在同一出版界，一般書和輕小說之間卻橫著鴻溝。連自負對破案、科幻、紀實等所有門類的書一視同仁、無所不讀的人也只把輕小說排除在閱讀對象之外。出版界本身並不把它當作正經的小說。乙一覺得改頭換面，把這個集子充作一般書上市，是輕小說的失敗。恐怕更失敗的是，二〇〇六年刊行文庫版，這個後記被去掉。

不滿於很多輕小說用漂亮的圖畫遮掩內容的陳腐，乙一離開了這個方興未艾的領域，改換門庭，獲得正統懸疑小說大獎。櫻庭一樹、有川浩、沖方丁也是從輕小說系統跨越到娛樂文學或純文學。拜電腦、網路之賜，今後由輕小說起步然後越境的作家會越來越多罷。不自賤出身，女作家有川浩至今仍自稱輕小說作家。其實，把輕小說包裝成一般書的形式推出是一個出版戰略。不止於此，出版社移花接木，還把宮部美幸一流的作家改用輕小說的形式出版，以打破輕小說被看低一等的世俗成見，擴大讀者面。

輕小說有一個競爭者，那就是手機小說，比輕小說更輕。不能讀一般小說的讀輕小說，不能讀輕小說的讀手機小說。這是文壇不能承受之輕。輕小說屬於出版媒體，而手機小說屬於另一種媒體，不依賴出版。綿矢莉莎寫作的目的是要當作家，而手機小說的寫手多數都沒有當作家的目的，寫只是樂趣，這才真像誰說的，寫作跟別人抽菸、打牌一樣。

年輕人不好當

年輕人是弱者。日本經濟不景氣，企業採取的基本對策是不招聘，受害的是年輕人，就職無門，拿人生為社會買單。

一九九〇年「泡沫經濟」一詞被選為流行語銀牌，其實當年末泡沫經濟已開始崩潰，而人們切身感受卻要晚兩三年，突出的現象是大學畢業就職難。一九九四年形容就職難的「就職冰河期」一詞獲得流行語特選造語獎，經濟問題帶來社會問題。

有個叫城繁幸的，不滿於現狀，站在實質是弱勢群體的年輕人立場上揭露日本式僱用制度，疾呼變革。他生於一九七三年，起初在富士通公司的人事部門工作，退職寫書，二〇〇四年出版《從內部看富士通「成果主義」崩潰》頗獲好評，銷行二十萬冊。泡沫經濟崩潰後公司導入成果主義，但科長們部長們都是論資排輩上來的，意識沒有變，結果這主義不成功，當今又重整組織力量了。近幾年城繁幸接連出版三本書：《年輕人為何三年就辭職》、《三年辭職的年輕人去哪兒了》、《七成連科長都當不上》，可謂三部曲，在年輕人當中幾乎有了點教主模樣。

日本式僱用制度，通常說的是大公司的僱用制度，即招聘新畢業生、論資排輩、終身僱用，這是上世紀六〇年代形成的。就職，不是就職業，而是就公司。人生的機會幾乎全在於大學畢業就職，一旦就不上，可能一輩子都要非正式地工作。進了公司就捧上鐵飯碗，論資排輩，優哉游哉到退休。正式員工是既得利益者，受到法律和工會的保護，公司難以解僱或減薪，非常之時只有不招人。政府也好，資本家方面或者工會也好，都是要維持終身僱用制，一條道跑到黑。現今想自己創業的年輕人大大減少，打算在一個公司幹一輩子的，比十年前翻了一番。嚮往當公務員或者進終身僱用的公司的人大增，被指責為年輕人的保守化傾向，但日本整個是保守的，轉職或者去海外謀生的意識還很低。三十歲至四十歲是拚搏期，但公司不擴大，科長的位置不增加，七成人這輩子只能當個小職員。如果你自認屬於大多數，那麼，「七成連科長都當不上」，這個書名就足以教你氣餒。

城繁幸認為日本式僱用制度的癥結是「年功序列」，也就是論資排輩。這個制度在經濟發展過程中發揮過作用，但今非昔比，已變成絆腳石。年功即工齡，大學畢業進公司就是排上隊，往後工資基本跟歲數成正比。馬齒不徒長，人的價值被年齡決定，雖然法律禁止招聘限年齡，但除非值得被獵頭，一般過了三十五歲就別想換工作，因為按年功論工資，三十五歲以後工資就高了。博士出校已年將三十，公司不願要。城繁幸出招：消除員工正式非正式的界線，全部採用職務工資制，同時提高勞動市場流動性。

上層滿足於現狀，下層對前途絕望，這樣的社會是安定的，但是不發展。年輕人有今天，也是不關心政治的結果。政治家得不到你那一票，當然不為你說話。城繁幸告誡年輕人，決定自己未來的終歸是自己，不要淨想二十多歲正是好時候，多想想四、五十多歲的人所處的困境也就是自己的未來。

不過，城繁幸為年輕人立言，於事有補無補可就難說了，因為如他所言，掌握日本意志的是五十五歲以上的人。

一字之妙

震、時、倒、毒、末、金、戰、歸、虎、災、愛、命，這十二個字是一九九五年以來每年選一個字表徵那一年的世態的。日本人至今使用我們的漢字，起碼這些字不學日語也認識，更讓人覺得日語不算啥。二〇〇七年得一偽字，十二月十二日是「漢字日」，京都清水寺的老和尚披上漂亮的袈裟把它當眾大大地寫出來，墨跡淋漓。之所以由他揮毫，大概是因為主辦此項活動的日本漢字能力檢定協會本部就設在京都，唐風猶存。清水寺本尊是千手觀世音菩薩，偽字抬到她腳下供奉，鐘鼓齊嗚，她就把這世態收了去，天下無偽，來年再寫別的字。所謂漢字能力檢定，說穿了就是拿漢字賺錢，你交費報考，便得到一紙認識幾個字的證書。搞這麼個海選，能惹火人們對漢字的興趣，也不無抨擊社會的效應。

用一個字說事，好像是日本人所好。早年就有用和、粹之類的字眼兒表示他們的民族性的，後來最出名的倒是韓國人李御寧，一九八三年捉摸出一個縮字，論說日本人及其文化的特徵。他的同胞反駁他，又舉出擴字、砍字——用日本刀砍，指摘日本另一面。字有反義，啟發別人從對立面立意，反倒容易唱反調。百犬吠聲，甘字、座字紛紛被找了出來，都試圖一字論定日本。

大家知道邱永漢，他本是臺灣人，一九五六年在日本獲得直木文學賞，但沒有繼續寫小說，而是寫中華吃喝、賺錢竅門之類的東西，也說道日本人，叫「侍日本」。侍，就是武士；古書有云：侍本來指近侍之臣，後來武士皆稱侍。侍者，侍奉主子也，這正是武士的核心意義，所以最講忠。三島由紀夫在學生運動激化的一九六八年說日本有兩個傳統，一個是優雅，另一個是尚武與侍，他要不顧一切地使之復活。邱永漢也寫到「虛禮的美德」、「清貧的哲學」，泡沫經濟崩潰後的一九九二年中野孝次出版《清貧的思想》大暢其銷。

邱永漢說：「讓我來說，日本人對美國人或歐洲人寫的日本人論大為傾倒，但好像太不懂日本人的思維方法或實際情況的外國人的主觀片面的不著邊際的日本人論過多。」這個牢騷發得有道理，起碼歐美人看「東洋景」常常把日本和中國眉毛鬍子一把抓。不過，只怕是中國人忽而想知道日本事情時往往也傾倒於西洋所云。這是亞洲通病，或者像中國老話說的，遠來的和尚會念經。就邱永漢來說，好像他的書被翻譯了不少，卻沒有關於日本人日本文化的，他在我們眼裡是發財之神、炒股大師，不大有文化形象。

日本人弄墨，好寫一個字，有一點寫意，帶一點禪味，雖難免取巧之嫌，但一個漢字的蘊意是假名望塵莫及的。

武士家計帳與張大點日記

日本跟別處不一樣，據說在這個世界上他們是獨一無二的，譬如當今不景氣，大家的通貨都鬧騰膨脹，唯獨日本，通貨緊縮，國民（我們叫人民）攥緊錢包不花錢。拿出版來說，似乎比照紀念碑，我們泱泱大國的書越做越大，不像是給人讀的，只宜於壯觀書架，可他們經濟越不濟，「新書」就越好賣，原因無他，唯其價廉也。近幾年日本的書價持續下跌，二〇〇九年平均為一千一百多日元，而「新書」通常一冊才六、七百。順便提一句，大學畢業就職起薪平均為日元二十萬零幾千，高中畢業不到十七萬。

新出版發行的書，日本叫「新刊」，所謂「新書」，指一種小開本，不求裝幀亮眼，彷彿提醒人們知識是素樸的，便於攜帶閱讀，書店裡擺售也不占地方。譬如《國家的品格》、《傻瓜的圍牆》、《煩惱的力量》從形態到內容都屬於「新書」。這種書為一般讀者而寫，內容應時而易懂，也稱作「教養新書」，讀了就可以到酒桌上高談闊論。作者大都是學者，他們有兩手，寫陽春白雪的專著以立萬兮，寫下里巴人的「新書」而撈錢。一犬吠形，百犬吠聲，一本書暢銷，題名類似、封面雷同的書便蜂擁而起，這品格，那力量，牆裡牆外一片紅。經濟不景氣，廠商不再瘋狂打廣告，雜誌無以為生，一些編輯和作者轉向「新書」，使內容更近乎雜誌，很有點前衛。應時則易朽，而且凡事多則濫，搞笑的、扯淡的「新書」也紛紛出籠。《傻瓜的圍牆》是口述筆記，不無淺薄之嫌。作者認為人之間根本不可能互相理解，彼此把不能理解的對方當傻瓜，但也有人批他，說那不過是作者本人的「傻壁」，誰讀誰傻。暢銷如同人流發生了踩踏，誰呼救也止不住，此書賣出四百多萬冊，「新書」出版史奪冠。

有一本「新書」，叫《武士的家計簿》，內容堅實，至今挺立在書架上。作者叫磯田道史，專攻日本近世史、日本社會經濟史。舊書店行銷手段之一是寄送目錄，某日又寄到他家。漫不經心地翻檢，驀地發現：豬山家文書，十六萬日元。十年來磯田一直在尋尋覓覓武士的家計簿，以了解江戶時代武士怎樣過日子。說來日本人過日子好像有記帳的習慣，譬如賣雜誌附送贈品，起初就是送家庭帳簿，而今越來越豪華，饒上名牌袋子什麼的，簡直鬧不清誰白搭誰。磯田當然管不了這些，急忙從銀行取了錢，乘車直奔舊書店，在滿滿一紙板箱的墨筆文書中發現家計簿，更教他驚喜這個流水帳從江戶末記到明治初，長達三十六年，收入、購物、借債，甚至買一個饅頭也記錄在案。豬山家是加賀藩的下級武士，武士人家要撐持門面，禮尚往來，支出常大於收入，日積月累，債臺高築，瀕臨破產。第二代當家痛下決心，變賣書籍（從中國進口的四書五經，價錢不菲）、衣物、茶具書畫等還債，並節儉度日，開始一筆筆記帳。豬山家代代從事會計工作，自家的帳也記得好。江戶時代二百六十年，武士是領導階級，武士的本分是學問（《論語》之類）與劍道，打算盤不過是小技，甚至被叫做算盤傻瓜，然而被美國砲艦敲開了國門，轉向近代化，首先砲兵、海軍就需要「算術」頭腦了。

近年來日本勃興江戶時代熱，但關於江戶的生活少有實據，而借助這一堆家計帳，足以鮮活地復原一個武士家庭以時代為背景的日常生活，顛覆了以往對江戶時代的一些共識。二〇一〇年下半年有五部以江戶時代為題材的電影上映，其中《武士的家計簿》就是據磯田道史的「新書」改編的。沒有刀光劍影，豬山家的男人腰間也插兩把刀，不過是顯示武士的身分罷了，他們「不用刀，用算盤守護家庭」。不是小說或漫畫（漫畫銷售量連年下跌，據說原因之一是漫畫改編電影減少了，東風不與周郎便），而是拿「新書」編故事，搬上銀幕，有點破天荒，驚奇之餘，這才買書讀，早在二〇〇三年就出版了。這是個勤儉到極致的持家故事。經濟不景氣，企業壓抑工資，人們收入少，更不去消費，景氣就只有惡化一途，這是個合成謬誤。恐怕日本人看了這部影片，只會把錢包攥得更緊，直攥出水來。

《挪威的森林》也前後腳上映，不消說，此片是根據村上春樹的小說改編的。村上筆下的人物是要喝一游泳池啤酒的，屬於高消費，可這個電影裡的男人是一個窮大學生，幾個女人都莫名其妙地主動獻身，不花錢也辦事，只怕人們看了也激不起消費的欲望。小說改編電影，對於原作是一個批評，表明那個小說還可以這麼寫，可以有另一種讀法。村上看了電影，說：啊哈，我以男人第一人稱寫，卻原來講的是女人的故事。

忽而想起清末一閒人，叫王大點，在北京城裡當差，也就是上班族，成天到處看熱鬧，而且愛動筆，好像也知道神住在細節裡，每天把所見所聞記下來。他要是有幸活在今天的網路時代，無疑點擊率超高。

這是從《大歷史的邊角料》一書中讀到的，那日記並不曾看過。作者張鳴寫道：「王大點這樣沒心沒肺的看客，是導致魯迅從醫生變成文學家的刺激源，讓人看了可氣可恨又可笑，但他也留下了很多有意思的東西，只要我們的國人一天沒有從義和團的心態中走出來，王大點就總站在那裡，向人們做著鬼臉。」倘若把這個王大點日記編排成影視，一定很有趣，足以活現一個時代，人物的生動不亞於阿Q也說不定。

沒有配角的時代

梁山好漢排座次，三十六天罡七十二地煞，一百單八將排下來相安無事。此一老傳統被執政者發揮到極致，芸芸眾生也捉摸報紙上排名，看哪個被列在「還有」之後，風雲變幻，這就是關心國家大事。

演員跟政治家是一路，主角和配角像妻妾一般分明。記得小時候，一部電影主演就一個，姓甚名誰大大出現在銀幕上，與其他角色隔開，很顯出英雄的特立或孤寂。後來看到了香港電影，主演有領銜，雖然覺得怪，但是按第一號英雄人物、第二號英雄人物來理解，也馬馬虎虎。

不知打什麼時候起，銀幕上主演像日本料理烤雞串一樣成串了，不分前後，聯合主演。更有甚者，領銜主演也擠作一堆，如一鍋雜煮。看來當今已然是沒有配角的時代了。名正則言順，都正了其名，有話就好說，就做到不爭論，一團和氣。司機、門衛也幕上有名，可除了他們本人及親朋，有幾位看官能耐著性子看完那續貂的狗尾似的名單呢，即便伴奏音樂蠻好聽。

相比之下，紙媒體似過於因循守舊。編輯乃為人作嫁，這個說法雖然有點像怨婦，卻成為慣行。倘若效影視之尤，那就要各色人等從出版社開列到印刷廠，但至今編輯而外，頂多是校對者上名，且擔著責任。玩名的是雜誌，名譽主編當然是掛名，而出版社社長兼任主編也未必做事，真正做事的是副主編；可能副字不中聽，現今又有叫執行主編的了。掛名是管理手段，也是一種特權。書刊掛名，樓宇掛字。在北京街頭等公車，看見路對面的大樓上豎立著「職工之家」幾個字，春蚓秋蛇，當權者的題字好似給市容貼了塊膏藥。

當年初識日本人，接過名片，是什麼什麼部長，肅然起敬，後來交往多了，便知道那部長二字是用來懵對方的，並非實授。誠如邱永漢所言，日本人是工匠，中國人是商人，好像中國人個個都想當老闆，做買賣發財。如今中國人名片更可觀，不是博士教授就是總經理，難怪有人說，一棱子掃倒十個人，九個總經理，剩下一個是副的。國人愛名，溫飽豈止思淫欲，還思名，於是有權有錢者出書掛名，這也是一種包裝，燦然知識化。教授有名，更可以掛名，坐收漁利。聽說某教授為一本書領銜，卻不像演員那樣付出表演之勞，豈料那本書的內容是剽竊的，他被告上法庭，叫苦不迭。拿名賣錢，比拿錢買名更壞，我們只能送他一句活該。

為友訪書記

我常去書店，閒逛而已，就當作散步，所以稱不上淘書或訪書。在我看來，淘有典藏的風雅，訪有飽學的高深，若海外訪書，那更是專家學者去外國主要是日本尋覓國內亡佚的典籍，歐陽修也感嘆過「先王大典藏夷貊」，或許還不無禮失求諸野的意思。

從散步來說，舊書鋪更適意，特別是神田舊書鋪街。傳說當年美軍轟炸東京時特意避開，以免燒毀古舊書籍，損失了文化，所以這裡還殘留著一座一九二五年建的小樓，三年前底層闢為書與街的問詢、休憩、活動之所。東京七百舊書鋪，有一百七十餘家集中於此地，另外有三十來家新書店。一家挨一家，書攤出店頭，無須入內，翻翻看看，一路逛下去。怕日光曬了書，舊書鋪大都坐南朝北，卻也使店內晦暗，令女性望而生畏，門前止步。大概除了流浪漢擺攤賣那些從車站垃圾箱裡撿來的書刊，就屬舊書鋪門口擺放的舊書最便宜了。紙好裝訂好，禁得起翻閱，是舊書鋪繁昌的條件之一。

不過，逛而不買的時候多，原因無他，囊中羞澀也。況且從三十多年前抱定了一種認識，那就是沒有什麼書是非讀不可的。人在日本，時而幫朋友購書，這時倒會有一種訪書的感覺。託購的書每每比較貴，不買的話，平常都不好意思翻動，所以專程去覓購，排闥而入，很有點豪情。

近年浮世繪出版比較熱，卻是以春宮圖為多。日前受託買了一本

《波士頓美術館藏浮世繪名作》，定價不菲。浮世繪近乎我們的年畫，今天日本人把它捧上天，稱之為傲於世界的美術遺產，可是在急於脫亞入歐的年月，棄之如敝屣。拿廢舊浮世繪捆包陶器漆器等出口到歐洲，金髮碧眼看了驚豔，日本人這才自珍起來。莫內、梵谷、塞尚、畢卡索都大為欣賞。浮世繪主要收藏在歐美。美國大富豪斯伯丁兄弟求好不計錢，收藏了大約六千五百種。因繪師使用植物顏料，易損，他們捐贈給波士頓美術館時附加了不許展覽的嚴苛條件，以期保存完好。二〇〇七年ＮＨＫ費時一年數位拍攝了全部作品，日本二次使用權限定為十五年。本書精選百餘種，是小學館二〇〇九年十一月出版的。

為友訪書，彷彿窺視了人家讀什麼以及寫什麼，見面聊聊那本書，更好像自己也可以對話了，不亦樂乎。

罵日本車

近年逛書店，圖書看上去大都有一副急功近利的嘴臉，簡直就要從書頁裡伸出一隻手來掏讀者的腰包似的。

轉而說日本。

有一家出版社叫二玄社，二十年前我初到日本，看見它複製的中國古書畫，嘆為觀止。台北故宮委託它依原寸大小複製卷軸冊頁，質感與色調足以亂真，連行家裡手也有眼難辨。川端康成愛收藏宋元繪畫，倘若買不到真跡，這幾乎不下真跡一等的複製品也足夠賞玩的罷。

前些日子買了二玄社出版的《簡牘名跡選》，全八冊，由原物攝影，並加以擴大，第一次把前秦至三國的字跡看得這麼清晰，悅目而賞心，真想立馬就研磨援筆，就此練書法。從小愛書法，所以筆墨是現成的，卻一輩子也就是擺設。

好像這家出版社在中國也有名，不過，一般可能只知道它精於複製，不知道它還有另一個拳頭產品：汽車書刊。古代書畫與現代汽車，這兩樣湊在一處，真所謂玄之又玄，不枉叫二玄社。

記得當年下鄉務農，天黑那真叫黑，一屋子男生睡對面炕，只有菸頭不時燃亮，照出人模鬼樣的臉孔，講還我肝之類的故事。今夕何夕，身邊充滿了電器，夜裡紅燈藍燈大大小小地閃光或長明。但是說老實話，從來沒用心也沒信心讀那麼厚的說明書，好些電器直到報廢也不明白大部分功能。不過，對汽車有一點另眼看待，因為一是上中學就學過活塞運動什麼的，二是開車攸關生命，自己的，和別人那寶貴的。於是也讀過二玄社出版的汽車圖書，比說明書有趣些。

《三本和彥罵日本車》是二〇〇九年二月出版的，大名冠頂，可見這作者不一般。看他的簡介（這是日本圖書必備的部件，不然，就好像來路不明），生於一九三一年，學過機械、經濟學、攝影技術，從汽車雜誌記者到汽車評論家，幹了四十年，口無遮攔，粉絲非常多。卻原來以前讀過他的書，是岩波新書《從汽車看日本社會》，我對日本汽車社會的認識好些就來自這本書，居然把作者給忘了。但翻閱一過，覺得此書也算不上罵。倒是以前讀過的另一本書，《汽車這麼造》（二玄社出版），更有些意思。作者福野禮一郎也是很有名的汽車評論家，飆車族出身，評論常惹事。日本人製造汽車部件也花費大工夫，有很多創意，這本書不僅寫如何造，把作功原理也講得頗生動，讀了才知道原來是這麼回事。書名「汽車這麼造」的前面還有一個「超」字，本來是小女生的流行語，但是用中文讀，倘若讀得不標準，聽來就走樣，故不譯。

汽車有兩大亮點，一是車名，再是車展的女模特兒。日本人當然在車名上動腦筋，卻也會有閃失。譬如前兩年日產在北美銷售一款汽車取名為「ROGUE」，意思是惡作劇，可這個詞還含有壞蛋的意思，並且在人們的印象中屬於首選，便招來美國人對車名的酷評。

民生有四大問題，吃穿住行，現而今以車代步，人越來越不行。日本早就是汽車社會，而且路上塞車日常化，特別是節假日，一塞就塞出三、五十公里開外。就我的體驗，日本的交通不值得恭維，令人佩服的是遵守規則，無論怎麼塞車他們也忍耐，井然有序。日本人把汽車視為身分的象徵，追求高檔車、流行車，買車錢相當於年收的百分之二十多，也是個不小的負擔。汽車是民生用具，也是愛好的物件，是體育用品，玩物，除了實用一面，還需要流行性、奢侈性。但是和手錶相反，汽車要上稅，要車檢，基本過六年就不值錢了。

報紙上喧嚷二〇〇九年中國賣新車在全世界拔了頭籌，為一千三百六十四萬輛，當然，生產數量也第一，各家報紙最後都不忘憂慮一下環境。自一九七八年，日本三十多年來終於大姑娘上轎：一年沒賣掉五百萬輛新車，二手車銷量也連續九年下滑，只轉手了四百萬輛，卻也不忘說一句：日本節能車引導世界新潮流。

汽車賣不掉，汽車雜誌當然也蕭條，銷售量逐年跌落。據出版科學研究所調查統計，汽車雜誌印數巔峰為一九九五年，多達一億五千八百零八萬冊，超過了人口總數，但現在還不到一半。印數最多的是講談社刊行的《好車》，半月刊，號稱三十萬。

書齋妄想

書齋是讀書寫字的空間。

家有書齋，足見其住居寬綽，令人豔羨。或許也表明有學問，學富五車——這個成語已過時，如今搬起家來，那是要動用卡車的。登門造訪，觀覽書架起碼有兩個作用，一是遮掩作客的尷尬，二是窺見主人所好。彷彿天天坐在書齋裡讀書、作文、待客的周作人寫道：「從前有人說過，自己的書齋不可給人家看，因為這是危險的事，怕被看去了自己的心思。這話是頗有幾分道理的，一個人做文章，說好聽話，都並不難，只一看他所讀的書，至少便顛出一點斤兩來了。」這話也有幾分沒道理，聽說錢鍾書學問那麼大，心思那麼深，家裡幾乎不藏書，斤兩如何顛得出來呢。

作家的書齋是製造文學產品的作坊，大小好壞，興許對創作也會有影響。有的作家不喜歡關在書齋裡面寫，到咖啡館要一杯咖啡，思如泉湧；或者住溫泉旅館，以旅人的姿態寫，例如川端康成寫《雪國》。谷崎潤一郎特意去伊豆半島寫，和式旅館不備桌椅，要換到洋式旅館，乘巴士轉移，途中遭遇關東大地震，此後舉家移居關西之地，文風也為之一變。

蘇格拉底走著思考，躺著思考，和人對話思考，書齋是街頭或廣場。英國十五世紀以前書是朗讀的，作為共同體行為的讀書也無需書齋。日本的傳統房屋沒有書齋這種獨立空間，把自己和書關在一個人的世界是對於家人的疏離。農家和商家的家不單是住處，也是勞作的場所，現在東京也常見前店後家，譬如舊書店。明治時代有書齋的，只是所謂知識人，為數甚少。夏目漱石的書齋鋪絨毯，當中置紫檀書案，周圍立書架，不許家人進。日常生活中發生不愉快，他立即躲進書齋。書齋不僅是讀、寫之類文化行為的聖域，也是獨處的清淨之地。大正時代改善生活，改良住宅，興建西歐式個人主義思想的居住空間，叫文化住宅，書齋兼客廳。書架是西洋家具，擺在客廳裡充當裝飾，也是個文化符號。對於讀書人來說，書架是必需品。戰敗後復興出版業，一度掀起全集熱，《昭和文學全集》、《現代世界文學全集》或什麼全集，家家跟風買一套，使作家先富起來。時代一變臉，各種家庭電器紛至沓來，住宅仍然像兔子窩，書架及藏書就只好讓位，傾巢豐富舊書店。日本父親們在家裡占有專用空間，上世紀八〇年代為百分之四十，本世紀初將近百分之六十，多數當書齋。年齡越大占有率越高，大概是孩子離巢獨立，騰出了地方。

經濟發展，社會進步，書齋大眾化，不再為富貴人家所特有。個人所據有的空間日見擴大，偏偏這時候，開玩笑似的，出現電子書，好像有孫悟空的本事，占據空間的書本被大大縮小。二〇一〇年美國發售iPad，對讀書、出書是一個衝擊。它備置了一個「書齋」，可以收藏電子書。日本人善於改造，便有人把自家的藏書掃描，收在iPad裡。這個書齋的空間是16GB，把一冊書電子化，所占也就5MB，一千冊才5GB，一壁書架而已。這樣就可以攜帶千百冊圖書上下班，四處遊走，像蝸牛一樣背著書齋，隨處閱讀。有的書被讀過，可能就變成雞肋，不妨收藏在iPad裡，說不定哪天念舊，還可以拿出來嗍一嗍。不過，書被拆開來掃描，殘骸只能送去化紙漿，可就斷了舊書店的貨源。日本曾發生書堆倒塌壓死人的事情，好像香港或臺灣也出過，或許死在書中是所願，但畢竟凄慘，iPad之類電子閱讀器「書齋」，哪怕發生大地震，也無須擔憂。多少年來人類創造了書齋及其配套設備，譬如下面可以伸進腿的桌子，但紙書本電子化，甚至書齋電子化，變成可攜式，必然改變傳統的閱讀方式。當然，喜愛紙書本，滿架圖書，一覽形形色色的書脊就是個樂趣，那就繼續保留傳統的書齋罷，像骨董那樣增值也說不定。

住居追求洋式，書齋也極盡其洋，譬如十七世紀巴洛克式或者十八世紀洛可可式，但中國圖書的外觀似乎太簡素，雖然開本越來越大，只怕還是不相配。安德魯．朗格（Andrew Lang）以編寫世界童話聞名，還寫過一本《書齋》，說十九世紀，「大書齋的時代已成為過去」，「現代愛書人渴望的不是書頁的數量，不是常見裝幀的書山，不是神學的二折本，不是古典的四折本，能擁有幾冊具備個性和氣派的書籍、印刷裝訂的傑作，或者以往聞名的搜集家、政治家、哲學家、已故美女們的神聖遺物，那就滿足了」。

好像現在一般叫書房，不大叫書齋，莫非因這齋字，空間如神在。書齋甚至比寢室更具有私人性。一進書齋，心便靜下來，或讀或寫或思。反過來說，心靜何處非書齋。不去按眼耳鼻舌身的快門，游離於現實，精神自適，任是鬧市長椅也能當書齋，這是大庭廣眾之中的最私人行為，孤獨而沉迷。躲進小樓成一統，那就是躲進書齋的意思罷。日夜生活在囂喧的都市裡，還得為五斗米競折腰，不妨把書齋當作隱遁的陵藪，所謂隱之為道，大隱住朝市。把書齋曝光於天下，就不好隱遁了，這種書齋或許本來是住宅面積的富餘。

日本人看明朝那些事

讀《笑雲入明記》，覺得有意思。

卷首有題簽，云：寶德三年辛未歲，從國使遊大明，十月辭京師，壬申正月至築紫博多，八月出博多，癸酉三月十九日始泛大洋，四月二十一日達大明寧波府，九月入北京，甲戌二月二十八日出北京，六月二十三日歸船解纜，七月十四日到長門國。凡九百餘日，所歷覽者無一不記。

寶德是日本後花園天皇的年號，三年為西元一四五一年。備貨，候風，遣明使團折騰了一年有半才揚帆渡海。九艘船，一千二百人，歷盡風險，先後到寧波。笑雲是臨濟宗和尚，擔任書記官，隨正使乘一號船，記錄了出使全程。四月，「四日，鷹來息桅上，午後海水少濁，水夫曰，已入唐地」；「二十日，曉溯浙江，平明達寧波府，乃大明景泰四年癸酉夏四月二十日也」。

景泰四年是一四五三年。使團在寧波逗留三個半月後北上，於九月二十六日晚入崇陽門。翌日就到鴻臚寺學習朝聖禮儀，第三天在奉天門覲見二十多歲的景泰帝。「官人唱，鞠躬拜，起叩頭，起平身，跪叩頭，快走闕左門，賜宴，宴罷又趨端門，跪叩頭出」。此後朝參二十多次，每朝參，必賜宴。還總有賞賜、饋贈，從皇帝到地方官員一體顯示大國氣度。當然也討要，古銅大香爐什麼的。

一位中書舍人對笑雲說：「外域朝貢於大明者，凡五百餘國，唯日本人獨讀書。」讀書不達禮，難改野性，進京途中竟也敢作惡。《明實錄》記載：日本使臣至臨清，掠奪當地居民，派官員前去處理，又差點兒被打死。又記：沿途則擾害軍民，毆打職官，在館則捶楚館夫，不遵禁約。這些行徑笑雲都略而不記，只寫下一行：臨清清源驛，齊地，有桓公廟、晏子廟，甘草多。倒是幕府將軍識大體，幾年後請託朝鮮向明朝「謝罪」。

禮部驗核文書，令日本人在「金屏風」上加一「貼」字，因為是貼金屏風，不是金屏風。某日賜茶，日本和高麗爭位次，禮部官員只好讓日本居左，高麗居右。日本跟朝鮮半島諸國向來是冤家，爭位次不是頭一回。有個叫大伴古麻呂的，留學大唐六、七年，海歸當官。據《續日本紀》記載，天寶十二年（753年），玄宗在大明宮的正殿含元殿接受百官及諸蕃朝賀，新羅被安排在東邊第一位，居大食國之上，而日本在西邊第二位，居吐蕃之下。大伴作為第十次遣唐的副使嗷嗷抗議，說新羅朝貢大日本國久矣，我反在其下，好沒有道理。將軍吳懷實就給調換了，新羅改在西邊吐蕃之下，日本位居東邊大食國之上。要說這個大伴的最大功績，應該是歸船把五次渡海失敗的鑑真和尚偷渡到日本。

「冬至朝參，自左掖門入東角門，過鳳凰池到奉天殿，見天子，文樓武樓之間萬官排班，三呼萬歲，聲動天地」。朝參之外，笑雲們經常遊廟或逛街：

「月食，九重城裡鐘鼓雷轟」。

「除夜，長安街列炬如晝」。

「帝回駕，入大明門。奏樂前行者，數千人。大象負寶玉行者，三匹。六龍車二。二象牽車者二。鳳輦二，人肩之，其一帝御之。執戟擁衛者，數萬人。甲冑士走馬者，三十六萬騎」。

「夜觀燈至東長安街，望見端門萬燭耀天」。

「有衣冠騎馬，搭紅絹於肩上而曳地從之，鳴鼓笛，以繞宮城者，予問之，則曰家產男子者，例如此云云」。

「觀燈市，燈籠傍皆掛琉璃瓶，瓶中有數寸魚，映燈光而踴躍，甚可愛也。濟大川題琉璃燈棚曰，冰壺凜凜玉龍蟠，其謂之乎」。由此想起神戶的香雪美術館藏有一幅布袋圖，梁楷畫，有大川普濟禪師的題贊。

日本朝貢其實是貿易。厚往薄來也要有限度，禮部打算按時價付款，但日方說：若不給宣德八年那個價，咱們就不再回國了。宣德八年（1433年）日本船運來硫黃二萬二千斤、袞刀兩把，而此次所貢，硫黃三十六萬四千四百斤、袞刀四百一十七把，所有貢物都增加幾十倍，整個是傾銷。禮部改為比照宣德十年，日方也不從：回去的砍頭，可憐可憐的。當皇帝的總是心太軟，唐玄宗所謂「矜爾畏途遙」，景泰帝則曰，遠夷當優待之。可是給加了銅錢一萬貫，日本人猶以為少，禮部一邊斥責他們貪得無厭，一邊又加了絹五百疋，布一千疋。

正趕上景泰五年會試，三千人進考場，笑雲到國子監觀看，但「嚴設棘圍，不許遊人入」。半個月後放榜，三百五十名合格，笑雲抄錄了諭眾通知的榜文，可見對科舉大感興趣。周作人「深欽日本之善於別擇」，說它「唐時不取太監，宋時不取纏足，明時不取八股，清時不取鴉片」，其實，之所以不取，嗜好迥殊，恐怕是各有原因的。未必不想取，可能取不來，好像當初就獨具慧眼，不過是歪打正著罷了。隋文帝創始科舉，日本比朝鮮還早，七二八年就照貓畫虎，開科取士，可國情哪裡比得了隋唐呢。不過，西歐驚悉世界上還有如此公平、平等的人材錄用法更要晚一千年，也就到了明末，本家已不堪其敝。一七八七年松平定信當上江戶幕府的首座家宰，斷行改革。杜絕賄賂，厲行節約，獨尊朱子學，排斥異學。為消解官職取決於門第的陳規陋習，一七九二年施行科考，叫「學問吟味」。有一位大田南畝，好學善文章，欣然赴考，作詩說「昭代文華藻翰揚，試場迎我坐中堂，翛然落筆掃千紙，觀者一時如堵牆」，看來是不設棘圍的，卻名落孫山後。原因可能是他指出考題把伍子胥的伍誤為吳，惹惱了考官。一七九四年，大田四十五歲，又參加在孔廟舉行的第二次科考（此後每三年舉行一次），考生二十三人，第一天考《論語》、《小學》，第二天考《詩經》、《史記》、《左傳》。這次他得了分組第一名，獲銀幣十枚，日後由警衛步卒升為文職小吏，改變了人生。這是我大清乾隆末年的事了。

《明實錄》記載，日本人「已蒙重賞，輒轉不行，待以禮而不知恤，加以恩而不知感，惟肆貪饕，略無忌憚」。滯留北京五個月，他們終於在景泰五年（1454年）二月二十八日上午踏上歸途。

行前，笑雲遊興隆寺，獨芳和尚拿起燒餅，問：日本有麼？笑雲答：有。又拿起棗子問：日本有麼？答：有。獨芳和尚說：這裡來為什麼？答：老和尚萬福。獨芳笑了，賜笑雲一卷自注心經。

萬世一系與改朝換代

日本有萬世一系之說，這是與中國的一大差別，我們的歷史講究改朝換代。

萬世一系，就是指皇統長久不變。據西洋人換算，第一代天皇神武天皇於西元前六六〇年建國，那時候耶穌還沒誕生呢。他即位之日（陽曆推算為二月十一日）是日本的國慶日。從此一脈相承，教大宋皇帝也為之感嘆。之所以能一系，恐怕主要是因為幕府將軍們另立中央，像曹操不代漢稱帝一樣，讓天皇靠邊站，也可以襯托威風。雖然萬世不過是一個誇張，但不曾易姓（說日本事或許不該用這個詞，因為天皇沒有姓）是真的，自有一種凝聚力，學歷史也較為省心。日本以拿來主義自立於民族之林，可中國朝代像走馬燈一樣更迭，弄得他們稱呼中國事物也沒個準兒，忽而漢方，忽而唐樣。

凡事都具有兩面性，萬世一系的反面是無常，生命如櫻花。中國的性格當然也是兩面的，朝代總是改，但哪個皇帝都被喊萬歲萬歲萬萬歲。俳句有一個文學理論叫「不易流行」，萬代不易與一時變化相結合，似乎就能把兩面性拼湊在一起，堅持不變，又順應萬變。萬世一系的觀念浸透在生活中，使日本人有一種持之以恆的精神。以報刊為例，連載是常態的表現形式，連載起來經常是曠日持久。譬如宮城谷昌光在月刊雜誌《文藝春秋》上連載小說《三國志》，每月一回，迄今一百一十七個月，一晃我也跟讀快十年了，最新這一回寫到曹睿把後事託付司馬懿。結集單行本，已出版九卷。

女作家林真理子以隨筆起家，在週刊雜誌《文春》上連載隨筆長達一千二百回。作家椎名誠的連載也過了一千回，還有二三子為六、七百回。漫畫連載更驚人，東海林禎雄在日報《每日新聞》上發表四格漫畫已經有一萬二千四百三十多天，看來要至死方休。他還給幾個週刊畫，其中有兩個漫畫專欄已歷時四十年。另一位四格漫畫家植田正司自一九八二年四月一日在日報《讀賣新聞》上連載，日復一日，也一萬多天了。好似馬拉松，要麼讀者看膩，要麼作者跑死，簡直是一場殘酷，但漫畫家作為職業也得以成立。

司馬遼太郎的《漫步街道》在週刊《朝日》上連載，從四十七歲寫到七十三歲猝逝，結集四十三卷。作為文學的發表形式，連載與結集像雙輪，齊驅前行是出版的發達。尤其是書評，長年散見於報刊卻不能結集以積累文化，存照歷史，不能不說是出版的恥辱。作家能著述等身，恐怕也倚仗出版有恆心。小說家阿川弘之自一九九七年六月為《文藝春秋》撰寫「卷頭隨筆」，因年高九十，於二〇一〇年九月擱筆，十三年之間先後有五個主編「改朝換代」。似乎我們的編輯更追求日日新，即便連載也常常見好就收，以防養虎貽患似的。或許暗喻了百花齊放，呈現的卻可能是你方唱罷我登場的亂象。

黃禍事始

黃禍，早年就知道這個詞。覺得說的是中國，卻不知其所以然，中國不是落後挨打的麼，何禍之有？後來又得知，乃是說蒙古鐵騎，試想把歐洲踐踏得不成樣子，信以為然。在日本又撞著這兩個漢字，說是說日本人，若聯想珍珠港事件，非禍而何。從網上查閱，日本的解釋有這樣的：黃禍論是十九世紀中葉至二十世紀前半在美國、德國、加拿大、澳大利亞等白人國家出現的蔑視黃種人的觀點，是人種歧視；近代黃禍論的矛頭主要指向日本及中國，而日清戰爭後，三國干涉、一九二二年華盛頓會議以及美國排日移民法等，尤其針對日本。而中國有這樣的解釋：黃禍尤其是對中國的偏見的一個用語。好像在爭當「禍首」，那麼，黃禍的來龍去脈究竟怎樣呢？忽而有志於學，找來了一本《黃禍物語》，著者是專攻政治思想史的橋川文三（1922-1983）。此書是日本第一本有關黃禍的專著，一九七六年出版，二〇〇〇年印行岩波現代文庫版。

黃禍，歐美有多種說法，日本直譯為「黃禍」、「黃患」，用橋川的話說，「表現了白色人種對黃色人種的恐怖、厭惡、不信、蔑視的感情，是屬於人種偏見、人種歧視範疇的現象」。他首先寫了一章〈黃禍論前史〉，「似乎可以說，黃禍論是人類社會所傳承、形成的各種歧視人的心理複合體之中花費最長歷史製造的龐大『神話』。西歐黃禍論諸說豈止起源於十三世紀（蒙古入侵），通常上溯到西元前四至五世紀（匈奴人進攻）的歷史經驗，更極端的，甚而從西元前十世紀以前探究。那就是主張，有史以前，人類產生之時黃白人種就命運注定要互相鬥爭」。近代率先散布黃禍論的，一九〇五年中國人谷音在〈辯黃禍之說〉中指出Bakunin（1814-1876）。說此人從流放地西伯利亞脫逃，經日本回到歐洲，揚言日本一心學西歐文明，不出幾十年畢業，與地大物博、人口眾多的中國聯合，黃色蠻族將如潮氾濫，傾歐洲之兵也難以抵擋。最廣為人知的黃禍論者是德皇威廉二世（1859-1941），他信奉白色人種優越論，據說曾一舉買下幾千本《十九世紀的基礎》，H. Chamberlain（1855-1927）著，是鼓吹人種歧視的經典。甲午戰爭以中國徹底失敗而告終，一八九五年四月十七日李鴻章簽下馬關條約，割地賠款，當年七月十日威廉二世寫信給俄皇尼古拉二世（1868-1918），他媽是尼古拉老婆的姑媽，鼓動俄國轉向亞洲。還動之以圖：「我把它（黃禍）畫在紙上。和一個一流畫家一起畫出這個底稿，做成版畫，廣為散布。上面畫的是歐洲各國的形象被天使米迦勒號召，抵抗佛教和野蠻的入侵，守護十字架。」

一九〇四年日本與俄國開戰，打了一年半，小日本打敗大沙俄，黃種人打敗白種人，這下子黃禍論甚囂塵上。橋川文三懸想，若沒有這場勝利，或許黃禍論不過是歐美的一個專門性、技術性用語，至少不會通過媒體擴散到民眾之間。他們本來正抱怨自己的生活，於是遷怒於身邊的移民，起哄排外。對於黃禍論，日本人群起反駁，例如文學家森鷗外（1862-1922），一九〇三年兩次演講〈人種哲學梗概〉

和〈黃禍論梗概〉（以致有梗概博士之稱）：所謂流行，不限於人的髮型、服裝，學問藝術上也有所謂流行。當然，若是學問或藝術，不能把某種流派、某種傾向的真正隆盛叫流行。這裡所說的流行是還沒被特別承認的，近來歐洲流傳的人種哲學也屬於此類。但是如作家安岡章太郎（1920-）所言，鷗外越講越含糊其辭，因為日本人心底對歐美有一種劣等感。相比之下，岡倉天心（1863-1913）底氣更足些，他在寫給歐美人看的《茶書》等著作中反唇相稽「白禍」。福澤諭吉（1835-1901）就有點卑劣，他總是撇清日本，把所謂黃禍的屎盆子扣到中國、朝鮮的頭上。更有人暗自高興，日本已成為令人害怕的強國，並藉此黃禍論，把日本的侵略戰爭描繪成黃白人種之戰，叫囂侵略鄰國是為了解放亞洲。

黃禍論的矛頭所向是日本和中國，而二次大戰後主要指向中國，中蘇論戰時蘇聯也揮舞過這根大棒，《黃禍物語》對此縷述甚詳。歐美人說過，「中國要是有拿破崙，一定會統治世界」，可問題正在於拿破崙是歐洲才有的，他們把自己心中的魔影投在了中國人身上。黃禍的「禍首」隨時代環境及社會條件的演變而變，上世紀七〇年代日本猛然變成了經濟大國，歐美被人追趕的不安，走衰的預感，使日本黃禍論騷然再興。此論難以根除，今夕何夕，不知口水又將唾向誰。

橋川文三參考過的《何謂黃禍論》一書是德國近現代史家Heinz Gollwitzer（1917-1999）撰寫的，一九九九年出版日譯本。序章論述黃禍是怎樣產生的，而後是一國一章，從一八七〇年到第一次世界大戰，引用當時的言論和書籍，多方面考察英美俄法德的黃禍論。

二〇〇七年有日本人翻印黃禍論英語文獻，第一期為《英國黃禍論小說集成》七卷。據說英國作家Matthew Phipps Shiel（1865-1947）於一八九八年出版的小說*The Yellow Danger*是英國黃禍論小說的祖型，橋川文三在書中略微述及這個「大傳奇小說」：主人公燕賀是中日混血兒。某日，中國突然宣布把版圖瓜分給歐洲各國，結果它們互爭權益，衝突起來。燕賀取代李鴻章，與日本結盟，乘機大舉進攻歐洲。俾斯麥叛變，黃禍論的元凶威廉二世亡命英國。下文如何，橋川沒讀完，想來是英國出了個大英雄，拯救歐洲。回顧歷史，上下兩千年，中日這兩個民族從未聯過手，但好窩裡鬥，何須白種憂天傾。

龍馬是一個傳說

ＮＨＫ（日本放送協會）自一九六三年，每年製作一部大型歷史連續劇，從年頭播映到年尾，戲說歷史，叫大河電視劇。這個ＮＨＫ可算是「央視」，演誰誰紅，今年演的是坂本龍馬，於是書店裡擺滿了有關這位幕末志士的書，高知、長崎等地與龍馬有緣，更藉機廣招遊客，頗有助於活化地方經濟。

坂本龍馬在日本家喻戶曉，倒不是拜電視劇之賜，功莫大焉的是司馬遼太郎。自一九六二年六月至六六年五月，他在日報《產經新聞》上連載歷史小說《龍馬逝》，成書五卷（文庫版為八卷），四十餘年來，各種版本累積銷行兩千多萬冊，為司馬小說之最。歷史小說具有副作用，寫得越好，副作用越大，迷惑或攪亂人們對史實的認知。堪比小說家山岡莊八的德川家康，司馬遼太郎給日本人灌輸了一個虛構的龍馬形象，假作真時真亦假。

幕末，即江戶幕府末期，一般指一八五三年佩里率美國艦隊叩日本國門，至一八六八年明治新政府成立，僅僅十五年，可見日本人之善於腦筋急轉彎。當年豎起了尊皇的大旗，底下亂哄哄各逞其能，攘夷或者開國，倒幕或者佐幕。長州藩憤然攘夷，結果被四國聯軍打得落花流水。頗多志士都是由攘夷轉向開國，如第一任總理伊藤博文。坂本龍馬從家鄉土佐藩（今高知縣）遊學江戶，正遇上佩里艦隊冒著黑煙駛入江戶灣，慨然要取了異人首級回鄉見父老。幕府臣僚勝海舟是開國派，據他記述，龍馬企圖刺殺他，但聽他論說世界大勢，頓開茅塞，納頭拜他為師，從此也主張開國。此說有中國故事的影子，姑妄聽之。

通說坂本龍馬有兩大功績，一是斡旋水火不相容的薩摩（今鹿兒島縣西部）與長州（今山口縣西部和北部）兩大藩締結攻守同盟，二是建議幕府把大政奉還給天皇，其結果導致維新，建立了明治這個國家。按照司馬遼太郎的說法，沒有龍馬，薩長不可能聯盟，但史實為證，薩長聯盟及奉還大政並非龍馬獨出心裁，為先路之導，實乃大勢所趨，水到魚行，當然魚也會掀起水花。說來這兩件事恰恰是矛盾的。薩摩藩的西鄉隆盛是倒幕急先鋒，置幕府於死地而後快，而幕府如若把獨霸二百六十年的權力歸還天皇家，仍然能充當新政府首輔，繼續執政。龍馬合縱了薩長，隨即遭幕府鷹犬的襲擊。《龍馬逝》中描寫，龍馬之妻阿龍正沐浴，發現了殺手，赤身裸體跑上二樓報警，龍馬得以脫逃。可是，後來他通過土佐藩權要向幕府獻策，奉還大政，以求自保，就站到幕府一邊，也就跟武力倒幕派對立，以致有一說：西鄉隆盛們殺掉了龍馬。德川第十五代將軍慶喜審時度勢，雙手把政權還給了朝廷，但倒幕派於心不甘，想方設法誘發了戰爭，徹底摧毀舊幕府勢力。龍馬提出奉還大政之策，或許意在和平地改變政治體制，但他一手操作的薩長同盟是嗜血的，最終產生了一個以薩長勢力為主的獨裁政權。明治時代並不像司馬遼太郎所讚美的，是清透的現實主義時代，而是天皇制意識形態時代，甚至可以說，從明治維新到一九四五年戰敗整個是一個時代。

本家是富商，龍馬的父親雖屬於下級武士，但家道殷實，龍馬能兩度往江戶遊學。他的才幹與其說是政治的，不如說是商人的，非常現實主義。江戶時代最高教養是漢文，龍馬「卻沒有留下任何一首漢詩」，這或許表明他學問並不高。但為人聰慧，善於交往，積極接觸第一流知識人，吸收學識，形成思想，而且不止於坐而論道，更善於付諸實踐，作而行之。說到底，天生龍馬，不拘一格，是捭闔於權勢之間的縱橫家。擅自脫離藩籍的浪人結社，多是軍事組織，而龍馬創建「龜山社中」是日本第一個商社。起先由薩摩出資，後投靠土佐，改稱「海援隊」，龍馬為隊長。勝海舟在神戶開設海軍操練所，又辦了私塾似的海軍塾，由龍馬任塾頭。這位被龍馬仰為天下無雙的軍事學家對龍馬人生的影響特別大，海軍塾學員也構成「龜山社中」骨幹。龍馬做什麼生意呢？倒賣軍火。以長崎為據點，躲過幕府耳目，把從托馬斯·格洛弗

（Thomas Glover）手裡承攬的武器彈藥販往全國各地。大概就是靠這個生意，龍馬擁有了與各藩周旋的地位。近代化武器增強了薩摩、長州、土佐等藩國的軍事力量，終於使幕府軍及佐幕各藩土崩瓦解，天下歸順。

格洛弗是蘇格蘭人，在上海進怡和洋行，後到長崎作怡和代理人，協助倒幕派（法國則支持幕府），舊居如今是市民的格洛弗公園。怡和洋行橫濱分號老闆吉田健三是戰後與美國締結安全保障條約的首相吉田茂的養父。雖然艦隊敲開了日本鎖國的大門，但美國不過是要求日本提供捕鯨船停泊補給的港口罷了，而英國需要生絲、茶葉等貿易品，更積極地關與了日本的明治維新。

到底誰暗殺了坂本龍馬是日本史一大懸案。司馬遼太郎在《龍馬逝》後記中寫道：「暗殺龍馬的計畫好像搞得很周密，但完全不清楚幕閣什麼人下令見迴組的。」見迴組也是幕府派駐京都的警備隊，新撰組負責北邊，見迴組負責南邊。研究幕末維新史的菊地明詳加考證，認定見迴組所為，龍馬身受三十四刀。

坂本龍馬死於一八六七年，翌年改元明治。新政府論功行賞，沒有他的份兒。天下板蕩，英雄輩出，人一死也就被忘記。重新提起他是一八八三年，土佐的報紙上連載小說《汗血千里駒》，為「天下無雙人傑、海南第一傳奇」的龍馬立傳。作者坂崎紫瀾是自由民權運動家，「借古影今」，宣洩對薩長政權的不滿。阿龍裸身告急的故事就是他創作的。

一九〇四年，日本與俄國斷交，一份福澤諭吉創辦的報紙上報導，皇太后接連兩夜夢見白衣武士，自道魂魄繫於海軍，保護忠勇義烈的軍人，給她看龍馬的照片，說絲毫不差，於是世上又掀起一場龍馬熱。翌年真就在日本海上打垮了俄國艦隊，龍馬成為海軍守護神，墓旁樹起忠魂碑。據說，拿出龍馬照片的人是土佐人。又據說，司馬遼太郎之所以寫《龍馬逝》，當初也是受一個土佐出身的同僚慫恿。

千頭清臣一九一四年撰寫的《坂本龍馬》中出現了龍馬不當官的故事，說他為未來新政府擬定官職，但名單上沒有他本人，一問，原來他打算去經營「世界的海援隊」，真像是大功告成後泛海而去的儒商陶朱公。

最膾炙人口的故事是龍馬在船上提出建國大綱，即「舟中八策」，土佐藩據此建言幕府奉還大政，但此事查無實據。對坂本龍馬的評價是截然相反的，或誇大其功，或抹殺其人。龍馬只活了三十二年，基本實現了自己的理想，完成了使命，不必嘆「時不利兮騅不逝」。司馬遼太郎說：「在日本歷史所擁有的『青春』中，拿給世界哪個民族都足以充分引起共鳴的青春惟其坂本龍馬。」

青春的龍馬是一個傳說。

國家圖書館出版品預行編目資料

四方山閒話 / 李長聲作. -- 初版.
-- 臺北市 : 聯合文學, 2011.04
240面 ; 12.8×19公分. -- (品味隨筆 ; 3)

ISBN 978-957-522-935-1(平裝)

855　　100006325

品味隨筆
taste
— 03

四方山閒話

作　　者／李長聲
發 行 人／張寶琴
總 編 輯／王聰威
叢書主編／羅珊珊
責任編輯／黃芷琳
資深美編／戴榮芝
校　　對／陳維信　黃芷琳
法律顧問／理律法律事務所
陳長文律師、蔣大中律師
出 版 者／聯合文學出版社股份有限公司
地　　址／臺北市基隆路一段178號10樓
電　　話／(02)27666759轉5107
傳　　真／(02)27567914
郵撥帳號／17623526 聯合文學出版社股份有限公司
登 記 證／行政院新聞局局版臺業字第6109號
網　　址／http://unitas.udngroup.com.tw
E-mail:unitas@udngroup.com
印 刷 廠／鴻霖印刷傳媒股份有限公司
總 經 銷／聯合發行股份有限公司
地　　址／231新北市新店區寶橋路235巷6弄6號2樓
電　　話／(02)29178022

出版日期／2011年4月　初版
定　　價／280元

ISBN 978-957-522-935-1（平裝）